PATA

PATA

파타

문가영 산문집

위즈덤하우스

배역을 앞세워 날 드러내는 것이 익숙한 나에겐
글을 쓸 때조차 배역이 필요하다.
이제부터 용기 없는 날 '파타'라고 하자.

그 대신 파타의 이야기는 모든 게 진실일 수도 있고
모든 게 거짓일 수도 있고
어느 정도는 진실일 수도 있다.
믿거나 말거나.

기어코 불멸의 길에 들어선 나에게,

차례

1부 존재의 기록

1 … *13*
2 … *14*
3 … *15*
4 … *18*
5 … *20*
6 … 21
7 … *22*
8 … *23*
9 … *25*
10 … *29*
11 … *31*
12 … *34*
13 … *37*
14 … *41*
15 … *44*
16 … *47*
17 … *49*
18 … *53*
19 … *55*
20 … *58*
21 … *60*
22 … *67*
23 … *70*
24 … *72*
25 … *74*
26 … *75*
27 … *77*
28 … *79*
29 … *82*
30 … *84*
31 … *88*
32 … *90*
33 … *91*
34 … *93*
35 … *95*
36 … *98*

37 … 100
38 … 104
39 … 106
40 … 109
41 … 110
42 … 111
43 … 115
44 … 118
45 … 121
46 … 126
47 … 129
48 … 133
49 … 134

2부 생각의 기록

가장 쉬운 일 … 143
P.69 … 145
고백 … 147
빨간 말풍선 … 149
스스로에게 가장 많이 하는 질문 … 151
성공법칙 … 153
은유의 맛 … 155
다크 초콜릿·화이트 초콜릿 … 157
진실 … 159
조준 … 161
눈맞춤 … 163
鄕愁 … 165
다음 생 … 169
일자손금 … 171
발효 … 173
―――――― … 175
허들 … 177
행운편지 … 179
질문 … 181
별것 … 183
미완성 … 187
우뚝 … 189
또 생각이 난다 … 191
수많은 마음의 방 … 195
진심은 통하지 않는다 … 197
원천 … 199
이야기의 시작 … 201

남의 집 … 203
독서노트 … 205
명상록 1장 … 207
암묵적 약속 … 209
공감학습의 실패 … 211
츄파춥스 … 213
현실 … 215
내 손을 떠난 모든 것 … 217
9월 … 219
향의 조화 … 221
일관성 … 223
진득진득 … 225
메모 … 227
꽉찬 말 … 229
포춘쿠키 … 231
인간의 증거 … 233
과연 … 235
곤두서 있는 유연함 … 237
움켜쥔 숟가락 … 239
하얀 덩어리 … 241
보호막 … 243
난시 … 245
피아노 연습 … 247
추 … 249
한 사람 … 251
시승 … 253
파란 펜 … 255
너의 가치 … 257
도화지 속의 두더지 … 259
점 하나 … 261
샘물 … 263
좋은 인용이란 무엇일까? … 265
조용히 바라보자 … 267
홍당무 … 269
Qed … 271

부록　　파타 육아일기

18개월 보름째
아가 파타 … 279

108개월
완전한 선물 … 281

000개월
벤지 이야기 … 286

48개월
자전거 배우기 … 291

000개월
막대사탕 하나 … 295

000개월
비밀투표 … 299

60개월
발레 발표회 … 302

1부

존재의 기록

1 ______________ "넌 벌 받아야 해. 내가 없는 세상에
사는 벌."

마주 보고 서 있는 파타는 이야기했다.

그렇게 사라진 그녀를 떠올리기 위해서
내가 할 수 있는 거라곤 떠올리는 것, 쫓아가는 것,
글을 쓰는 것.
즉 기록하는 것이다.

2 ________________ "나보다 거짓말 잘할 자신 없으면
처음부터 하지도 마."

그녀의 입버릇.
자신을 속였던 모든 것에게 늘 이야기했다.
아니, 이제는 누군가를 처음 알게 되는 그 순간 미리
언질을 주더라.
무슨 자신감으로 거짓말에 대한 이리도 확고한
자신감이 생겼는지 스스로도 알지 못하지만.
아니, 안다 해도 거짓말로 겹겹이 싸인 세상에
계속 상처 받을 것이 뻔할 것을 파타는
너무나도 잘 안다.
그저 아무 의미 없는 말이다.
의미 없는 거짓말과 의미 없는 경고.
반복.

'난 모든 것을 알아. 아무것도 모른다는 걸 너무 잘
알기 때문에 무엇도 날 속일 수는 없어. 그
믿음조차 없으면 난 평생 널 찾지 못할 거야.'

3 _____________ 손에서 손으로. 품에서 품으로.

세상에서 세상으로. 옮겨지던 그녀.

어릴 적부터 어디를 가든 파타는 두 발로 땅을 디뎌본 적이 별로 없다. 번쩍 안아 들고 내려주지 않았던 어른들 덕분에 일찍이 그 눈높이는 그녀에게 금방 익숙해졌다.

한 바퀴 돌아 다시 엄마의 품에 돌아온 파타의 볼에는 늘 애정이 듬뿍 담긴 아줌마들의 립스틱 도장들과 향수 냄새가 잔뜩 묻어 있었다. 엄마의 엄지가 파타의 볼을 마구 문댈 때, 그녀는

"엄마 오늘은 아이스크림 위에 생크림 올려도 돼?"

집으로 돌아가는 골목 구석 자리에는 자매가 가장 좋아하는 아이스크림 가게가 있다. 오로지 일요일에만 아이스크림을 먹을 수 있는 자격이 주어지며 생크림의 유무는 오백 원의 추가 금액이 달려 있기에 엄마의 허락을 통해서만 때때로 가능했다.

“그래 조금만.”

립스틱 도장들이 발그레한 볼터치의 효과를 준
덕분에 엄마는 마음이 약해진 게 분명했다.
언니는 아빠의 손을, 파타는 엄마의 손을 잡고
돌아가는 길. 자꾸만 울퉁불퉁 오르막길로만
걸으려는 파타의 손을 엄마가 잡아끈다.

“넘어져.”
“그래야 언니랑 키가 조금이라도 비슷해져!”

파타는 앞서 걷는 언니의 뒷모습을 줄곧 바라본다.
‘아 왼발 먼저. 왼발, 오른발, 왼발, 오른발…’
언니의 발 박자에 맞춰 걸으니 괜스레 뿌듯하다.
이때
몸을 휙 돌리고 달려온 언니의 숟가락이 그녀의
아이스크림 컵에 꽂힌다. 무방비하게 침범당해
버린 자신의 아이스크림 컵을 그저 바라보고
있던 파타는 생각했다.

'어떻게 이렇게 빨리 먹지? 난 아무리 입을 크게 벌려도 언니만큼 못 먹는데… 언니는 나보다 키도 커. 나보다 달리기도 빨라. 멋있다. 내 아이스크림… 언니 짜증 나. 근데 좋아. 근데 짜증 나. 다음엔 내가 더 빨리 먹어서 언니 것까지 뺏어 먹어야지… 아 왼발. 왼발 오른발.'

짜증이 역력하지만 그래도 언니와 발을 맞춰 걸어야 마음이 편했다.

언니 카리는 파타의 마음속에서 한 번도 영웅이 아닌 적이 없었다.

앞으로도 지금까지.

4 ______________ 운전대를 잡은 엄마는 파타에게
"눈앞의 사람에게는 늘 진실하게 대해야 해."

횡단보도를 건너는 사람들을 보며 파타는 엄마에게
"엄마 정말 잔인하다. 내가 받은 상처들을 알면
그렇게 생각하지 않을걸?"

파타의 시선을 따라가 함께 같은 곳을 보던 엄마는
파타에게
"그래? 그래도 누구를 만나든 진심을 다해 대하면
모든 사람들이 네 편이 되어줄 거야."

빨간 불이 초록 불로 바뀌는 그 순간 파타는 엄마에게
"…엄마 나빠."

브레이크에서 발을 떼며 엄마는 파타에게
"내 딸은 모든 걸 품을 수 있으니까… 내 딸은
그랬으면 좋겠네."

여전히 아이 같은 서운함에 파타는 창문으로 고개를

돌려버렸고, 반복적으로 빠르게 지나가는
나무들만큼이나 엄마의 마지막 말은 그녀의
머릿속에 계속해서 떠올랐다.

'내 딸은 그랬으면 좋겠네…'

5 ______________ 그녀는 길을 걷다 자주 나무에 손을 얹는다.

벌레가 기어다니는지 가까이 들여다보기도 하며, 어느 방향으로 몸을 흔드는지 올려다보기도 하고, 쓰다듬어주기도 한다.

유난히 더웠던 어느 여름날.
남색 치마와 하얀 와이셔츠. 이어폰을 꽂고 늘 하교하는 파타는 집에 가기 위해 정확히 세 개의 횡단보도를 건너야 한다. 빨간불은 그녀의 발을 멈추게 했고 오늘도 주저함 없이 길가에 서 있는 나무에게 손을 뻗었다.
가만히 눈을 감고 있는 그녀는 기도문을 외우고 있나?

맞대었던 손바닥을 들여다보니 나무껍질 결대로 도장이 찍혀 있다. 나무의 일부가 된 듯 그녀는 만족스러워 보였고 마침 신호도 더 이상의 안부 인사를 기다려주지 않을 거라고 깜박이며 경고했다.

6 ______________ "헤어지자."

"내가 써준 편지 내놔."

이 대화에서 알 수 있듯 파타에겐 마무리보다 자신의 편지가 중요했다. 하얀 종이에 얹어지는 활자들은 그녀의 감정들을 대신하고, 그녀의 넘치는 사랑은 모음 끝에서 뚝뚝 흘러내린다. 그래서 파타는 자신이 쓴 편지를 몇 번이고 다시 읽는 걸 좋아한다. 본인이 쓴 연애편지가 자신을 설레게 할 정도이니. 누군가가 이렇게만 써준다면 참 좋을 텐데.

한 아름 편지들을 안고 집에 도착했다. 안심했다.

'내 맘을 돌려받았어. 난 잃은 게 하나도 없네.'

7 “근데 넌 왜 네 이야기 안 해줘?”

파타의 친구는 서운함이 가득한 표정으로 그녀를
바라보고 앉아 있다. 친구는 줄곧 음료수를
비우며 주스를 가득 머금은 자신의 비밀들을
마침 공유해주었던 참이다. 파타는 생각한다.
‘응? 난 너의 비밀을 말해달라고 한 적도 없는데
왜 그만큼의 비밀을 나에게 요구하는 거지?’

“글쎄, 무슨 이야기가 듣고 싶은데?”

파타의 머릿속은 비슷한 무게의 비밀을 찾아 헤맨다.
중독자처럼 비밀을 모으는 파타는 그중 어떤 조각을
빼내야 할지 전혀 감을 잡지 못한다.
정교한 젠가처럼 쌓은 비밀의 탑이 우수수 무너져
내릴까 불안해진 그녀는 비집고 나와 있는 작은
조각을 잘라 친구에게 건네주었다.

비밀의 맞교환.

마침표를 찍어야 하나 고민하던 파타는 결국 펜의 뚜껑을 닫아버렸다.
이제 불에 그을린 효과를 내기 위해 종이의 테두리를 살살 태우는 일만 남았다. 성냥을 찾던 그녀는 불현듯 어린 시절에 언니와 새 동화책을 마구 구겨놓았던 일이 떠올랐다. 구겨진 동화책은 아빠의 서재에 몰래 끼워둔 다음, 오래된 비밀금서를 확인하듯 처음 보는 척 연기를 해야만 했다. 구겨진 책장은 천천히 넘겨야 했고 자매는 자주 눈을 맞추며 놀라움의 순간을 공유했다.

골라 먹듯 책을 편식하던 파타는 어느 날 언니에게 고전소설의 즐거움을 알게 된 마음을 흥분된 목소리로 전했다. "축하해. 사람들과 한 발짝 더 멀어진 걸." 언니는 웃었다. 파타도 따라 웃었다. 혼자 있는 그 시간 자체가 고전임을 알아버린 두 자매는 혼자이면서도 동시에 함께였다.

오늘도 파타는 얼룩덜룩 만년필의 잉크가 스며든
손에 편지를 들고 우체국으로 향한다.

9 ____________ 파타는 색색의 캡슐이 들어 있는

작은 통에 손을 넣어 한참을 뒤적이고 있다.

씁쓸한 검은색, 달콤한 베이지색, 고소한

초록색, 풍미가 좋은 보라색, 깔끔한 파란색.

두 번의 진동을 허용하고 전화를 받은 그녀는
"여보세요" 대신 "어"로 짧게 답했다.

"나 결혼해."

"…이런 멘트 식상해."

손은 보라색을 집었다.

"축하부터 해줘야지."

"축하하지. 온 맘 다해 축하해. 드디어 나에게도

결혼한 전남친이 생기네."

장난기 서린 파타의 목소리에서는 편안함만이

느껴진다. 수화기 너머로 결혼 준비 과정을 전해 들으며 캡슐을 집어삼킨 머신기를 보고 있자니 파타는 이들의 예전 일이 떠오른다.

20살의 파타는 울고 있었고 수화기 너머에서는 한숨 소리가 들렸다.

“못 정하겠어…”

“파타야… 두 사람을 사랑한다는 건 불가능해.”

“그렇지만 난 두 사람을 사랑하는데? 가능해…”

울음기가 잔뜩 섞인 파타의 말은 그를 더욱 아프게 했다.

“울지 말고 잘 생각해봐. 50대 50은 없어. 49대 51도 괜찮으니 파타 마음이 어떤지 잘 들여다 봐. 괜찮아. 파타야 울지 마. 괜찮아. 그렇지만 오래 고민할수록 나도 많이 아플 거야. 그러니까 진심으로 고민하고 말해줘 알겠지?”

사랑이 무엇인지 몰랐던 파타는 편안함이 사랑의 마침표라 생각했다. 호기심이라는 포장지를 사용할 수 있는 어린 나이의 파타였기에 그는 기꺼이 그 포장지를 뜯지 않았고 오히려 달래주기까지 했다. 그는 51을 찾아 떠난 파타를 한 번도 탓한 적 없다. 시간은 그의 성숙함을 증명해주었고 그녀에겐 무한한 고마움을 인정하게끔 했다. 그녀의 연애 방식은 그를 많이 닮았다.

일렁이는 커피 잔을 빼어 들고 파타는

“오빤 아직도 두 사람을 사랑하는 게 불가능하다고 생각해?”라고 물었고

그는 “글쎄, 오래 살아보니까 너의 말이 맞을지도 모르겠다는 생각이 들던데. 불가능한 게 어디 있어. 왜? 10년이 지나서야 반성이 돼?” 그는 이해하기를 포기하지 않는 사람이다. 그는

여전했다.

'살아보니까 두 사람을 동시에 똑같이 사랑한다는 건 불가능일 수도 있더라.'

파타는 머리에 고인 말을 뱉지 않았다. 대신

"반성은… 알잖아. 나에겐 사랑을 담을 방들이 너무 많아."

"넌 여전히 또라이야."

동시에 웃음이 터진 그들은 특별한 작별인사 없이 전화를 끊었다.

파타는 생각했다.

'보라색은 정말 풍미가 깊구나.'

10 ______________ 잘못됨을 느꼈다.

단단히 무엇인가가 잘못됐다.

파타는 침착하게 일어나 냉장고 문을 연다. 다시
　　닫는다. 안 되겠다.

선반에서 가장 좋아하는 머그잔을 꺼내어 든다.
　　뜨거운 물에 몸을 담그고 있는 티백을 가만히
　　바라만 보고 있다.

이것도 아니다.

지체 없이 차키를 집어 든 그녀는 집 밖으로 나선다.
　　주차장을 가로지르는 규칙적인 발걸음이
　　엇나가더니 우뚝 선 파타가 입술을 깨문다.

'이게 아니야…'

결국 다시 집으로 돌아온 그녀는 짐을 싸기 시작한다.
　　어딘가로 떠나고 있다는 행위만으로도
　　그녀의 기분을 충분히 바꿀 수 있다는 최후의
　　설정값이다. 막힘없이 짐을 싸는 그녀는 이
　　느낌이 사라지기를, 뒤바뀌기를 간절히 바란다.
　　캐리어의 지퍼를 간신히 잠갔다. 캐리어를 든 채
　　현관에 서 있는 파타.

목적지는 없었다. 뒤집히지 않았다.

센서등이 꺼졌고 파타는 이미 늦었다는 걸 인정했다.

무언가에 먹혔다.

그리고 그건 분명 나였다.

11 ____________ 무리에 섞여 있는 한 사람만을 유심히 눈으로 좇고 있는 파타. 그가 하는 이야기를 엿들을수록 파타는 확신에 찬다. 조심히 다가간 파타는 작게 입을 여는데.

"혹시…?"

파타가 묻기도 전에 자신을 경계인이라 소개하는 남자.
무리에 속하지도, 벗어나 있지도 않은 그들을 파타는 '경계인'이라고 부른다.
경계선에 서 있는 경계인. 그들은 선에서 벗어나지 않으며 휩쓸리지 않는다. 튀지 않게 사람들과 어울리기도 하며 어울리지 않는다. 함께이면서 혼자 존재한다. 파타는 이런 경계인들을 애정한다.

한순간에 방어기제가 풀린 그녀는 사람들이 이상하게 생각할까 염려했던 작은 고백을 낯선 경계인에게 털어놓는다.

“전 정체성을 찾고 있어요.”

“아주 좋은 시기네요.”

“근데 아무것도 보이지 않네요.”

파타는 어색하게 미소를 지었고 경계인은 파타를 보지 않은 채 말했다.

“매년 올라가야 하는 계단은 높이도 다르고 깊이도 달라요. 작년보다 이번 계단이 유독 높았나 보네요. 그래서 적응하는 중인가 보다. 그건 혼돈의 시기가 아니라 빨리 온 축복이라고 하는 거예요. 정체성을 찾아야 해. 그게 앞으로의 몇 년을 책임질 거야. 정리하려고 하지 말고 그냥 비빔밥을 만들어버려요. 아주 좋은 축복이니 자꾸 연구하지 말고, 그냥 관찰해.”

가려던 경계인은 다시 몸을 돌려 파타의 눈을 바라보았다.

“아참, 그리고 경계인들은 무리 속에 있지 않아요.
우린 경계에만 있을 뿐 그들이 놀러 오는 거야
우리한테. 한마디로 우리가 놀아주는 거지.”

“우리? 제가 경계인인지 아닌지 어떻게 알아요?”

“경계인은 경계인을 알아보는 법. 정체성을 꼭 찾길
빌어요.”

자리를 뜬 경계인.
그들은 그렇게 서로의 이름도 알지 못한 채 멀어졌다.

12 ____________ 어느 날이었다.

파타는 내리쬐는 해를 피해 어설픈 역삼각형의 그늘을 찍어낸 작은 건물에 등을 기댄 채 서 있었다. 정면에는 작동되지 않는 자판기가 있었고 모든 음료에 표시된 빨간 × 버튼은 보란 듯이 깜빡거리고 있었다.

이때 파타의 어깨에 '퍽' 바닥에 '톡'

바닥을 바라보기 두려웠던 파타는 어깨에 닿았던 감촉으로 '그것'이 무엇인지 가늠해보려 애썼다.

눈은 여전히 자판기에. 흐릿한 '그것'이 시야 구석진 곳에 있음에도 불구하고 고집스럽게 확인하지 않은 그녀는 위를 먼저 올려다보기로 결심했다.

창문 하나 없는 건물이므로 누가 던진 물건은 아닌 듯했다. 그리고 그 창문 없는 건물 위로는 하늘이 있었다. 새삼스럽지 않은 일이지만 새삼스러웠다. '하늘이 있네' 그렇다면. 그제야 바닥을 확인한 파타는 서서히 그늘을 벗어나 '그것'에게 다가갔다.

'그것'은 조용했다.

'그것'은 움직이지 않았지만 움직였다.

'그것'은 파란색이었다.

'그것'은 그녀의 손보다도 작은 새였다. 파란 새.

햇빛을 고스란히 받고 있는 파란 새는 반짝였다. 아니 정확하게는, 정말로 반짝였는지는 확실하지 않다.

파란 새는 배를 부풀려 숨을 쉬는 것 외에는 할 수 있는 것이 없어 보였다. 두 손으로 받쳐 든 '그것'은 따뜻했다. 푹신한 낙엽들을 모아 그 위에 파란 새를 올려두고 파타는 혼자였으면 사지도 않았을 물을 근처 편의점에서 사 왔다.

뚜껑에 따른 물은 '그것'을 위한 거였고 나머지는 파타의 몫이었다.

파란 새를 마주보고 앉아 있는 파타는 다시 하늘을 올려다보았고 다시 파란 새를 바라보았다.

순간 파타는 자신의 피도 파란색일 수 있다는 착각을 했다. 그럼 무척 아름다울 거라고. 파타는 오래도록 파란 새의 곁을 지켰고 그늘이 어느덧 온 세상을 덮었을 때 '그것'은 떠날 준비를 했다.

어떠한 작별 인사도 없이 날아간 '그것'에게 서운함을 느끼지는 않았다.
빈 물병을 들고 집으로 돌아온 파타는 펜을 들었다.

'파란빛 아기 새가 나에게 떨어졌어. 뭔가 좋은 일이 일어날 것 같은데 나의 행운의 반을…'

반? 미운 너에게 반은 너무 많은가? 파타는 '반'을 지우고 다시

'파란빛 아기 새가 나에게 떨어졌어. 뭔가 좋은 일이 일어날 것 같은데 나의 행운 3분의 1을 너에게 나눠줄게. 넌 작고 소중하니까. 누구보다 난 너의 행복을 비니까.'

기어코 파타는 본인 행운의 반보다 적은 일부분을 누군가에게 나누어주었고, 그 편지의 답장은 오지 않았다. 그리고 영원히 오지 않을 거라는 걸 파타도 알고 있다.

13 ______________ 파타는 도망쳤다.

기내식도 거른 채 리모컨으로 화면을 조작하니 작은 비행기 모형이 지구를 돈다. 아직도 8시간의 비행이 남았다는 표시를 확인한 파타는 눈을 감는다. 그녀는 나중에야 이때 지독한 감기에 시달리고 있었다는 사실을 알게 된다.

호텔 방에 들어서자마자 변기를 붙잡은 파타는 거북한 속을 뒤집으려고 애쓴다. 헛구역질을 탓하며 찡하게 맺힌 눈물은 억지로 눈을 깜빡거리며 닦아버린다. 창문 밖은 어두웠고 겨우 저녁 8시가 넘어가고 있을 무렵인데도 불 하나 켜져 있는 집이 없었다. 파타는 입에 칫솔을 꽂은 채 밖을 바라보았다. 아무것도 보이지 않았다.

파타는 노력했다. 예를 들면 좋아하는 음식을 먹으러 다니거나, 전시를 보러 간다. 해가 뜰 무렵에 강가 옆을 뛰다 오리에게 밥을 준다. 커피를 마신다. 책을 펼치고 읽는다. 읽는다. 같은 문장을 또 읽는다. 덮고 다시 읽는다. 문제는 여기다. 문제는 여기다. 문제는 여기다. 문제는 여기다. 문제는 여기다. 문제는 여기다. 이런 느낌이다. 한 글자도 읽어낼 수 없음이 놀랍지는 않았다.

미리 사두었던 바게트 샌드위치를 꺼낸 그녀는 책을 덮어두고 강가를 본다. 적당한 초록색과 파란색의 조화는 파타의 마음에 들지 않았다. '차라리 초록색이 세상을 지배했으면 좋겠어'

파타는 자주 생각한다. 우거진 숲이 몸집을 키워 하늘을 다 덮어버리는 생각. 두 팔 벌려 안아도 한 그루의 나무를 감싸기에는 한참 모자라는 생각. 올려다본 나무들은 끝이 보이지 않고 초록빛 틈새에만 허락된 푸른기만이 언뜻 비칠 뿐이다. 강을 품은 흙은 촉촉해져 맑은 갈색을 띤다. 손을 흙 속에 집어넣으니…

진동이 울린다. 다시 파타의 눈에는 그저 평범한 강가가 보인다.

"어때? 여행 가니까 행복하지?"

휴대폰을 바라보던 파타는 답장 대신 한국으로 돌아가는 비행기를 앞당겼다. 이 선택은 어떠한 답변보다 뚜렷한 의미를 가졌다. 혀로 입천장을 훑어보니 까졌다. 분명 바게트 샌드위치 때문이다.

파타에게 이때 무엇으로부터 도망쳤는지 물어본 적이 있다. 한참 뜸을 들이던 파타는 오래도록 눈을 굴리다 말을 시작했다.

"자꾸만 내 행복을 빌어줘서…"

"사람들이 자꾸만 내가 행복하기를 빌어주는 거야. 그들의 소망이 덕지덕지 내 몸에 붙어서 떨어지질 않아." 널 사랑하기 때문인 걸 잘 알지 않냐는 말에 "알아. 내가 나쁜 거 알아. 아니, 이게 싫은 거야. 자꾸만 내가 나쁜 사람이 되게끔 만들어. 그저 사는 나에게 자꾸만 행복하라고 하잖아! 그게 잘못된 건지 사람들은 모르나 봐. 그 마음이 얼마나 이기적인 건지."

"난 그 무거운 임무에서 도망친 건데, 떠난 나에게 또 물어보더라. 여행은 행복하냐고. 돌아온 나에게 또 물어보더라. 어땠냐고. 다녀오니 행복하지 않으냐고. 그래서 내가 뭐라고 했게."

"행복하다고, 홀가분하다고 이야기했어. 원하는 답을 해주고 말았어."

파타의 인정에 그들의 표정은 그제야 흡족해졌다는 이야기를 끝으로 그녀는 입을 다물다 들릴 듯 말듯 읊조렸다.

"내가 진 거야."

"애초에 그 누구도 너의 경험과 이해력을 따라갈 자가 없고 폭이 다르기에 네가 느끼는 걸 그들이 느끼고 생각하고 알 턱이 없어. 원래 외로운 법이니 기대도 하지 마라 파타야."

그때부터였나.

아니 그 전부터다. 훨씬 전부터. 기대라는 말은 깊이 숨겨져 있었고 기대라는 말은 위협이 되는 경고 같은 말이었다. 두 가지의 기대는 전혀 파타에게 환영받지 못한다. 파타는 기대보다 확신을 사랑했고 기대라는 말보다 인정이 필요했다. 그렇게도 깊이 숨겨진 기대는 아무도 알지 못했고 심지어 파타 자신도 기어코 눈물이 일렁일 때 저쪽 깊이 보이지도 않았던 기대의 존재를 겨우 인지한다. 가장 자존심 상하는 순간이자 인간임을 몸소 확인하는 순간. 파타는 한심한 한숨이 절로 나온다고 했다. 그녀는

"마음이 들뜨면 깔아뭉개면 되고, 납작할 땐 입김

하나면 돼. 그렇지만 기대는 늘 모든 걸 망쳐"라고 말했다.

파타의 이런 단호한 얼굴을 사람들은 평정심이라 불렀다. 그리고 그 평정심을 뒤흔들려는 사람들이 꼭 주기적으로 나타났고 그들은 자주 말했다. 늘 같은 말을.

"파타야 내 앞에서조차 그렇게 강한 척할 필요 없어. 나에겐 기대도 돼." 파타는 알겠다고 하지만 두꺼운 벽 뒤에 숨은 채 조용히 속삭였다.
'어림도 없지'

그러자 또 그들은 말한다.
"나에게 기대. 나에겐 강한 척하지 않아도 돼." 파타는 어느 날
"강한 척이 아니라 정말로 강한 거라면?" 되물었다. 그러자

"그런 인간은 없어"라고 했고

"그게 나야"라고 그녀는 경고했다.

양보 없는 순간.

그리고 마주친 눈을 보고 '이 선을 넘으면 물어버릴 거야'

15 ______________ 비가 쏟아지고 있다.

허공에 팔을 뻗은 채 손가락만을 움직이는 그녀는 비를 만지는 듯했지만 마치 수신호인 양 주황색 택시가 앞에 멈췄다. "안녕하세요." 파타의 인사에 기사님은 답변 대신 조용히 히터의 온도를 높여주었다. 눅눅한 택시 안은 파타를 꼼짝도 못 하게 만들었고 행여나 우산의 물이 묻을까 파타는 엉덩이를 붙이고 두 손은 무릎 위에 가지런히 올려두었다. 웬일인지 그녀는 가방 속 이어폰을 찾지 않고 창문 밖을 그저 바라보았다. 흔치 않은 날이다.

5분이 지났을까, 동그래진 그녀의 눈은 한곳만을 응시했다. 누군가가 창문에 검지로 남겨두었던 하트가 서리 덕분에 살아나더니 점점 선명해졌다.

'전에 탔던 승객이 남겨두었던 걸까?' 비밀스럽게 해석을 시작한다. 한순간에 수만 가지 이야기를 만들어낸 그녀는 왼쪽 눈만을 감은 채 창 가까이 다가갔다.

'하트 속에서 바라본 세상은 조금 더 사랑스러우려나?'

세상을 사랑할 수밖에 없는 증거가 어딘가 숨어 있을 거라고, 부디 자신이 아직 찾지 못한 것이기를 소망하는 파타는 그 증거를 늘 찾아 나서려 했다. 돋보기를 사서 꽃을 들여다보기도 했으며 하물며 하늘의 별자리를 실시간으로 보여주는 유료 앱 삼천 원도 아끼지 않고 투자해보았다. 남들이 예쁘다고 감탄할 때 파타도 자연스레 휴대폰을 들어 사진으로 기록을 남겼다(물론 집에 돌아와 바로 지워버리는 그녀다).

비는 어느새 완전히 그쳤고 파타는 목적지에 도착했다. 그녀는 내리기 전에 얼른 검지로 하트를 하나 더 그렸다. 하트는 어느새 두 개가 되었다. 택시에서 내리려던 순간 기사님이 파타를 붙잡았다.

"저기, 잠시만요."

"네?" 돌아본 파타에게 기사님은 포장된 작은 봉지를 건넸다.

"저희 와이프가 뜬 건데 써보세요. 좋은 하루 보내세요." 쑥스러운 듯 기사님은 고개를 금세 돌렸고 조수석에는 예쁘게 포장된 수세미가 한가득 쌓여 있었다. 연보라색 꽃 모양의 수세미를 손에 쥐고 집에 돌아온 파타는 물이 튀지 않는 싱크대 어느 곳에 소중히 올려두었다. 그렇게 그녀의 집은 또 하나의 조각으로 증거가 늘었지만 이를 눈치채지 못한 파타는 수첩을 펴고 오늘도 찾지 못한 자신의 하트 일화를 기록했다.

/ 하트 속에서 바라본 세상은 사랑스럽기는커녕 그저 오른쪽으로 치우쳐 보이기만 했다… /

16 ______________ 음악이 흘러나오고 있었고 방은

온통 파란빛이었다.

“우와 별이다.”

천장을 가리키는 파타의 손끝에서는 빔이 쏟아내는 빛 사이사이로 떠돌던 먼지들이 빛나고 있었다. 별들을 눈에 담고 있는 파타, 그리고 그녀를 바라보고 있던 그는 베개를 손으로 힘껏 내리쳤다. 먼지들은 금세 날아올라 빛에 닿고 별이 되었다. 그렇게 한참 동안 각자의 세계를 살피다 먼저 침묵을 깬 건 파타였다.

“아직도 내가 호수로 보여?”

“그럼.”

“호수인 줄 알고 보니 연못이고, 잔잔한 줄 알았는데 소용돌이가 있어서 놀라진 않았어?”

“발을 조금씩 담가보며 어디에 아픈 자갈이 있고,

어디에 이끼들과 꽃들이 있나 알아보는 중이지."

원하는 대답이 아니었는지 파타는 다시 한 번 되물었다.

"맑은 호수가 아니라 알고 보니 너무 탁하다고…"

"쉿, 난 지금 호수 속이야 조용히 해야 해."

속삭인 그는 눈을 감은 채 파타의 배를 베개 삼아 누워 있었다.

파타의 배는 끊임없이 움직였고 소리가 났다. 먹먹한 물소리가 나는 자신의 배를 바라보며 파타는 살아 있다는 오묘한 증명과 동시에 사랑을 느꼈다.

17 ______________ 세 명의 여인이 모여 있다.

파타는 손에 든 책을 읽어보려 애썼지만, 귀는 어느새 그녀들에게 도망갔다. 입은 셋, 귀는 순식간에 여덟이 되었다. 그들에게는 수험생인 자녀가 있다는 공통점이 있었고, 특정 인물을 서로 아는 것으로 보아 자녀들이 같은 학원에 다닌다는 사실을 알 수 있었다.

보통 대화를 주도하는 건 안경을 낀 갈색 머리의 여인이다. 그녀는 자주 말을 멈추고 두 사람의 맞장구를 기다렸다. 조화로운 그녀들의 목소리는 낮고 빨랐다. 충분한 정보를 공유한 그녀들은 그제야 머리를 맞댄 대열을 바꾸고 나란히 섰다. '세계문학전집' 팻말은 시험하듯 그녀들을 내려다보고 있었다.

"그… 무슨 왕자랬는데…"

"어린 왕자?" 키가 작은 여인이 웃으며 되묻는다.

"새랑 왕자 나오는 이야기 있잖아 왜. 이번 시험에

나와서 필요하대."

벽을 가득 채우고 있는 책들 속에 숨은 새와 왕자를 찾기 위해 6개의 눈은 사방으로 흩어졌다. 파타의 귀는 돌아올 생각이 없어 보였다. 게다가 좋아하는 작품의 이야기가 나오자 이제는 입도 따라가겠다고 난리다. 눈으로 꾹 눌러둔 입은 그녀들이 왕자 찾기를 포기할 찰나에 튀어나가 버렸다.

"『행복한 왕자』라는 책인데 단편이라 이 책 1장에 포함되어 있어요."

파타는 네 번째 줄에 꽂혀 있던 오스카 와일드 단편집을 꺼내 그녀들에게 건네주었다. 갑작스러운 참견에 놀란 듯한 표정들은 금세 풀려 감사 인사로 돌아왔다. 왕자를 무사히 찾아주었다는 임무에 깊은 안도감을 느낀 파타는 이 단편집을 처음 읽었던 순간으로 생각이 옮겨져 자꾸만 웃음이 났다. 태국

여행길에 들고 나선 실수로 그녀는 꼬박 이틀을 나가지도 않고 숙소 발코니에 누운 채 그 책을 해치워버렸다. 여행을 갈 땐 '너무' 재미있는 책을 가져가면 안 된다는 지혜를 배운 그녀는 이제는 '적당한' 책을 선별하기 위해 더욱 공을 들인다(그렇다면 여행도 즐기고 책도 즐길 수 있다). 역시 실수는 늘 지혜를 늘려준다.

파타는 또 참견이 필요한 사람들이 없나 서점을 둘러보았다. 이곳은 그녀의 오지랖이 허락된 유일한 공간이기에 자유로웠다. 물론 허락조차 스스로 결정했지만 말이다.

동시에 자긍심을 느낀 그녀는 조금의 정보로 작품을 떠올렸다는 사실에 희열을 느꼈다. 무언가를 아는 듯한 오만함에 휩싸인 파타가 고개를 들었을 때 '세계문학전집'은 여전히 그 자리에서 파타를 내려다보고 있었다. 수백 명에게 재판을 받는 느낌이 들었다. 그녀는 고개를 떨궜고 자신의 손에 들린 책의 첫 장에는 이렇게 쓰여 있었다.

면도칼의 날카로운 칼날을 넘어서기는 어렵나니,
그러므로 현자가 이르노니.
구원으로 가는 길 역시 어려우니라.

—카타 우파니샤드°

° 서머싯 몸 『면도날』(민음사, 2009)

18 ______________ 마냥 미소를 띠고 있는 파타의

얼굴이 보인다.

"야 파타야. 재가 너한테 어떻게 했는지 잊었어?"

다가오는 친구는 막 문을 나선 누군가를 턱으로 가리키며 속삭인다. "또 재를 도와준다고? 정신 차려. 너 호구 소리 들어."

파타는 여전히 웃고 있었고 친구는 말을 덧붙였다.

"왜 그렇게까지 하는 거야 파타야?" 걱정스레 자신을 바라보고 있는 친구의 눈을 보며 파타는 입을 뗐다.

"잘해준다는 건"

.

.

.

"엿 먹이는 거야. 재는 죽을 때까지 나처럼 잘해주는 사람을 또 어떻게 만나겠어. 내가 없는 세상이 얼마나 불편하겠냐고." 친구는 여전히 그녀를 바라보고 있었고 이번에는 파타가 이어 말했다.

"잘해준다는 건 선의의 일이지만 아무도 모르는 숨겨진 또 하나의 의미가 있어. 모든 사람들에게 친절하더라도 손해 볼 일이 하나도 없다는 말이야. 내 진심을 의심하지는 마. 그냥 엿이 따라올 뿐이야."

그녀는 경쾌했다.

19 ______________ "다짐한 적 없는데요."

'또 지겨운 그놈의 다짐' 그녀는 대답 속에 생각했다. 상대는 막 파타에게 신년의 다짐을 물어본 참이었다.

간결한 답변임에도 불구하고 상대는 희망을 버리지 않은 채 기다렸다. 이윽고 파타의 말이 흘러 들어오기를 기대했으며, 결국 파타는 그 여백을 채웠다.

"저에겐 다짐도 결심도 필요하지 않아요."

이 대화로 알 수 있는 건 파타가 좋아하지 않는 구간이 다가오고 있다는 점이다. 12월이 되어 갈 즈음 그녀가 가장 좋아하지 않는 단어들이 마구잡이로 튀어나오기 시작한다.

연말 약속

연말 계획

신년

새해

다짐

그녀는 이에 대한 두 가지의 이유를 설명해주었는데
첫 번째는 그저 하면 되는 일에 대단한 사족을 붙여야
하는 이유를 모르겠다고 한다.

두 번째로 파타의 시간은 시계방향으로 도는 원이
아닌 직선의 모양을 가지고 있다고 했다.
흘러가는 하나의 선에는 기준점이 될 만한 홈이
없다.

'그냥 하면 되잖아. 그냥. 12시. 내일. 다음 주 월요일.
1월 1일. 이게 다 무슨 기준이고 무슨 소용이야.
다짐을 할 시간에 이미 뭐라도 했겠다.'

뱉지 못한 말이다. 여전히 그녀는 자주 누군가에게
어떠한 동기나 결심과 계기에 대한 질문을 받고
파타는 그에 어울리는 착한 거짓 다짐을 세웠다.
이제는 대화가 조금 매끄러워졌다.

"파타는 새해에 뭐 할 거야? 버킷리스트 없어?"

"아 저는 꼭 글을 써볼 거예요!"

"오 좋은 생각인데 난…"

거짓의 다짐.

20 ____________ 초가 꺼진 케이크를 가운데 둔 채
두 사람은 마주 앉아 있다. 크리스마스트리를
둘러싼 전구 덕분에 서로의 반쪽 얼굴과 그늘을
동시에 볼 수 있었다. 얼이 빠져 있던 상대는
화가 나 보였고 그를 바라보고 있는 파타의
눈에서는 사랑이 흘러넘쳤다. 놀라운 점은 두
사람의 눈이 꽤나 같은 모습처럼 보인다는
것이다.

K가 말했다.

"방금 뭐라고 그랬어?"

파타는 대답하지 않았다. 일어선 그는 거실을
이리저리 걸어 다니기 시작했고 이제는 슬퍼
보였다. 그녀는 여전히 사랑으로 그 모습을
쫓았다. 상대는 대답할 수 없는 몇 개의 질문을
더 했지만, 파타는 침묵을 지켜냈다. 그렇게
그들은 서로의 닮은 반쪽 얼굴만을 확인하고
헤어졌다.

그리고 이 기억은
파타가 선물 받은 향수를 떨어뜨려 깨져버린 지금, 이 순간.
집을 단숨에 집어삼켜버린 그의 향과 함께
떠올랐다.

21 ______________ 어느 12월 31일 때의 일이다.
평범한 일상도 의미 있게 마무리할 수 있는 날. 또는
누군가에게 일어난 마법 같은 일을 설명할
때 신빙성이 생기기 딱 좋은 날이다. 시간은
오후 6시 48분이 지나가고 있을 무렵이었고
어둑어둑한 하늘은 해가 짧은 겨울임을
증명해주었다.

모든 건 시간의 연장선이라 믿는 파타에게 한 해의
마지막 날은 전혀 특별하지 않았다. 똑같은
날. 내일은 새로운 시작이 아닌 그저 다음
날. 그녀는 목적 없이 집을 나섰다. 닫혀
있는 대부분의 가게 중에서는 아직 뜯지
않은 크리스마스 장식들이 보였다. 반짝이는
조명들은 늘 파타의 눈길을 빼앗는 데 성공했고
여유로운 그녀는 기꺼이 시선을 아끼지 않았다.
두 발이 멈춘 곳은 카페 앞이었다. 무거운 검은
문에 핀 조명이 하나 켜져 있었다. 파타는
늦게까지 일하는 알바생이 안쓰럽다는 생각과
함께 문을 힘껏 밀었다. 카페 안은 조용했다.

대머리의 한 남자가 노트북을 켠 채 파타를 바라보고 있었다.

"죄송해요. 불이 켜져 있어서 영업하고 있는 줄 알았어요." 몸을 돌린 파타와 동시에 남자는 일어섰고 포스기를 향해 걸어갔다. "들어오세요. 한 잔 쯤이야 어렵지 않습니다." 남자는 미소 지었다. 이미 정리되어 있는 주방은 물기 하나 없었다. 그녀의 눈을 확인한 남자는 말을 덧붙였다. "선물이에요. 뭐 드실래요?"

"아… 그럼 그냥 아이스 아메리카노 한 잔만 주세요. 감사합니다."

파타는 문에서 손을 떼며 카페 안으로 들어섰다. "선물인데 더 비싼 음료 고르세요. 빨리." 그는 부담스러운 친절도 받게끔 만드는 재주를 가지고 있었다. 파타는 바로 옆에 세워져 있는 메뉴판을 빠르게 훑고는 아메리카노보다 이천 원이나 비싼 바닐라 셰이크를 골랐다. 사장은 자신이 사용하는 바닐라파우더의

종류를 설명해주었고 바 테이블에 앉은 그녀는 믹서기를 꺼내는 사장의 옆모습을 제대로 뜯어보기 시작했다. 그는 검은 벽지의 카페와는 전혀 어울리지 않는 화려한 반소매 셔츠를 입고 있었다. 그 속의 금목걸이가 언뜻 빛났다. '오늘은 빛나는 거 투성이네.' 짧게 생각이 스쳤다.

"31일인데 약속 없어요?" 사장은 검지로 알 없는 검은 뿔테 안경을 들어 올리며 질문을 던졌다.

"네 없어요."

"학생이에요?"

"네."

"무슨 과?"

"무용과요." 대답과 함께 허리를 살짝 세운다.

셰이크를 받아든 파타는 나머지 질문에도
성실히 답했다.

그녀는 23살이었고 카페에서 대각선에 위치한 하얀
주택에서 살고 있다. 오늘은 졸업 공연을
앞두었기에 연습실에 하루 종일 있었다. 지친
걸음으로 귀가하던 중에 불이 켜진 카페가
반가워 들어오게 되었다는 이야기를 전했다.
그녀는 거짓말을 참 잘한다. 주저 없는 말
사이에 어느 정도의 경계심이 숨 쉴 수 있게
하자 거짓말은 진짜로 보인다. 즉흥적인 역할
창작은 파타가 자주 하는 놀이의 일종이다. 이때
세 가지의 룰이 있는데

첫째, 낯선 이가 묻는 말에만 대답한다.

둘째, 낯선 이는 일회성의 만남인 것이 확실해야
한다.

셋째, 뱉자마자 날아갈 정도로 가벼운 거짓말이어야
한다. 즉 누군가에게 영향이 있어서는 안 된다.
(부모님이 안 계신다거나 질병에 관한 설정은 안
된다. 상대의 감정에 영향을 줄 수도 있기 때문에)

사장님의 쏟아지는 질문에 파타는 대답만 했을 뿐이며(첫 번째 조건) 그 과한 호기심이 부담스러워 다시 이 카페에 올 생각이 없었다(두 번째 조건). 본인을 소개하는 간단한 정보이기에(세 번째 조건) 모든 조건이 성립됐다. 방금 만들어낸 역할은 파타의 마음에 들었고 오늘 하루는 그녀로 살기로 마음먹었다.

그렇게 그녀가 다짐하고 있던 무렵, 빨대를 휘젓고 있는 무용생을 바라보다 사장은 말했다.

"비밀 좋아해요?"

"시시한 비밀은 싫어해요."

둘은 마주 보았고 암호가 맞았는지 사장은 웃었다.

"따라와봐요." 사장을 따라가 들어왔던 검은 문을 등지자, 정면에는 작은 액자가 보였다. 액자 속에는 별이 빛나는 고흐의 흔한 밤이 담겨 있었다.

"눌러요."

무용생은 고민했지만 파타는 과감했다. 두 손으로
작은 그림을 밀자 '퉁' 소리와 함께 옆에 있던
검은 벽이 밀려났다. 벽은 순식간에 문이
되었고 사장은 앞장섰다. 헨젤과 그레텔을
떠올린 파타는 발자국을 세기로 한다. 일곱
개의 계단을 내려가니 양옆으로 두 개의 문이
있었다. "여기가 제 사무실이에요." 왼쪽으로 두
발, 왼쪽 방을 열어주었다. 먼지 하나 없는 하얀
방에는 여덟 개의 컴퓨터가 위아래로 한 벽을
다 채우고 있었다. 작은 공기 청정기가 보였고
창은 없었다. 다시 오른쪽으로 다섯 발, 오른쪽
방을 열었다. 하얀 방의 세 배쯤 되는 규모였다.
천장 가운데엔 미러볼이 돌아가고 있었고
빛들은 고스란히 유리 벽지에 튕겨 제멋대로
반짝였다. 눈이 부셨다. 짧은 감탄사만 내뱉은
파타에게 사장은

"무슨 일 하는 사람 같아요?"

"카페 사장이 아닌 건 알겠어요."

"안 궁금해요?"

"네. 중요하지 않으니까요." 돌아가는 미러볼은 끊임없이 그녀를 비추었다.

"근데 왜 저한테 이걸 보여주는 거예요?" 파타의 첫 질문이다.

"글쎄, 그냥, 중요한 게 아니니까."

"…"

다시 왼쪽으로 세 발, 일곱 개의 계단을 올라 파타는 반쯤 남은 바닐라 셰이크를 챙겼다. 카페 사장과 무용생은 새해 인사를 주고받으며 마지막 순간까지 역할에 충실했다.

22 ______________ 앞서 언급한 역할 창작의 유래를 설명하자면 그 시작은 카리 때문이었다.

그녀와 함께 놀기 위해서는 영혼도 바칠 마음의 준비가 되어 있었던 그때, 파타는 갓 4살이 넘어가고 있었다. 엄마의 립스틱을 몰래 손에 넣은 어느 날 카리는 파타를 앉혀두고 분주했다. 준비를 끝낸 작은 연출가는 속삭였다.

“자, 넌 공주야. 길을 잃어버린 공주. 거실에 엄마 아빠한테 가서 ‘안녕하세요. 전 공주입니다. 길을 잃었어요. 집으로 돌아가는 길을 알려주세요’라고 말해! 그리고 마지막에는 ‘저 이쁘죠?’라고도 해야 해. 알겠지?”

그보다 더 작은 배우는 고개를 끄덕였다.

“저 이쁘죠. 꼭 해야 돼!” 작은 연출가는 신신당부했다. 더 작은 배우는 복도를 지나 거실로 향했고 두 명의 관객은 갑작스러운 배우의 등장에 시선이 쏠렸다.

"안녕하세요. 전 공주입니다. 길을 잃었어요. 집으로 돌아가는 길을 알려주세요." 몰래 따라온 작은 연출가의 목소리가 뒤에서 들렸다. "빨리! 마지막 대사!"

긴장한 탓에 대사를 까먹은 배우는 지시에 따라 얼른 마지막 대사를 뱉었다. 맥락 없는 대사에 관객들은 웃음이 터졌고 뒤를 돌아본 더 작은 배우는 작은 연출가의 표정을 확인했다. 그녀는 만족스러워 보였다.

그렇게 3년의 시간이 흘렀을 때 작은 연출가와 더 작은 배우는 듀엣 가수로 전향했다. 사전에 정해둔 소파는 무대가 되었고 가상의 관객들은 눈에 보이지 않을 만큼 넘쳐흘렀다. 인트로와 랩은 키가 작은 래퍼의 몫이었고, 후렴구에는 늘 목소리가 청아한 가수가 등장한다. 순회공연을 하던 어느 날, 키 작은 래퍼도 후렴구를 차지하고 싶다는 야망을 드러냈고 이를 받아들이지 못한 청아한 가수는 해체를 선언했다. 의견 충돌이 원인이다. 그렇게 또

4년이 지나고 책상에 나란히 앉은 자매 앞에는 생수병 같아 보이는 마이크가 세워져 있다. 손글씨로 빼곡한 대본을 든 카리는 생수병 가까이 입을 댄다.

"네 오늘은 특별한 손님과 함께할 건데요. 바로 곧 개봉을 앞둔 파타 배우님이십니다. 배우님이 직접 고르신 선곡 먼저 듣고 올게요." 매끄러운 진행과 함께 이어폰을 나눠 낀 두 자매 귀에 동시에 노래가 흘러나온다.

라디오 진행자와 배우로 만난 이들은 이후에도 다양한 직업과 배역을 맡았으며, 파타는 어느덧 지시 없이도 혼자 역할을 만들 줄 알게 되었다.

파타에게 역할 창작이 숨 쉬듯 쉬운 이유는 이것 때문이다.

23 ______________ '보고 싶은 누군가' 자리가

비었다. 파타의 왼손은 자연스레 귓불을 만지기

시작했고 오른손은 핸들을 붙잡고 있었다.

집에 도착하려면 아직 40분이나 더 가야 했다.

휴대폰을 이어주는 연결선이 잘못되었는지

노래가 나오지 않았다. 공백으로 그 시간을

견뎌야 한다는 게 굉장히 끔찍했다. 어쩔 수

없이 파타는 다시 그 '자리'에 집중하기로 했다.

파타는 기억을 헤집어 누군가를 억지로 끌어

앉혔지만 금세 날아갔고 자리는 또 공석이

되어버렸다. 그럼으로 이 자리는 그리움이

앉을 수 있는 자리가 아니라는 걸 그녀는 알게

되었다.

'기억의 자리가 아니라면…'

가족을 떠올리자 자리는 급격하게 무거워졌다.

의자가 부러질 참이었다. 그들을 위한 자리

또한 아니었다. 보고 싶은 누군가가 떠오르지

않는다는 사실은 파타를 더 우울하게 만들고

있었다. 고장 난 연결선보다도 말이다.

그러다 느닷없이 파타의 입꼬리가 올라갔다. 여기서 모두가 알아야 할 사실이 있다. 느닷없이 보일지라도. 느닷없다고 썼을지라도 모든 건 안에서 해결되었으므로 이 표정은 결과물이다. 한마디로 느닷없지만 느닷없지 않다. 파타는 다급하게 전화를 걸었고 그녀는 한 시간도 더 운전할 수 있을 것처럼 흥분되어 보였다. 연결된 통화음에 파타는 기다리지 않고 찾아낸 해답을 말했다. 아니 외쳤다.

"나 짝사랑이 하고 싶어!!!!!!"

친구의 웃음소리가 차 안을 울렸다. 40분의 운전 거리는 마치 4분 같았다.

24 ______________ 어떠한 날 파타는 깊은 의문에
빠져 많은 시간을 그 의문의 해답을 찾으려는
데 사용했다. 그 의문은 갑작스럽게 생겨난
것이 아니며 그렇게 희귀한 생각도 아니었다.
누구에게나 언젠가 피어날 의문이 마침 그때
그 시간에 파타에게 피어났을 뿐이었다. 그녀는
작정하고 카페에 앉았다. 그녀가 좋아하는
시간이다. 작정하는 시간. 정해둔 시간 안에
작정하고 마주해야만 하는 고문의 시간.
목구멍으로 넘어가는 밀크티의 달콤함이
곤두서 있는 정신을 유연하게 도와주었다. 이는
자기 연민에 빠질 확률을 줄이고 자신을 아프게
하지 않을 충분한 방어막의 역할을 한다.

파타는 종이를 꺼내 기억나는 조각들을 하나씩 써
내려가기 시작했다. 조각을 거꾸로 기억해내는
일은 어렵지 않았다. 그러나 늘 파타를 고이게
만드는 지점에 또 도착했다.

'그러니까 왜?'

그녀는 물음표를 좋아한다. 부드러운 곡선과 그 밑을
받쳐주는 단호한 마침표까지. 어쩌면 모든

물음표를 자신에게 돌려 안고 있기에 타인을
위한 재고가 남아 있지 않은 걸 수도 있다. 남아
있지 않다는 건 거짓말이고, 그녀는 내어줄
생각이 없다고 했다.

다시 그녀의 물음표로 돌아오자. 충분히 들여다보고
돌려보고 곱씹어보아도 해답은 없어 보였다.
마지막으로 입안에서 굴려본 의문은 밀크티의
마지막 한 모금과 함께 삼켜버렸다.

꿀
'왜 내가 좋아하는 건
다 사라질까?'
깍

25 ______________ 손을 쓰지 않고 귀를 닫을 수 있는
사람이 몇 명일까.

피아노 밑에 자매는 마주 앉았고 언니는 말했다.

“자, 닫아봐.”

파타는 언니를 보고 따라 했다.

“했어?”

언니의 입 모양을 본 파타는 고개를 세차게 끄덕였다.

오래도록 연마한 이 기술은 두 자매가 살아가는 데 큰
도움을 주었다. 시끄러운 곳 어디서나 평화를
찾을 수 있었고 불협화음을 견딜 수 있는
여유를 주었다. 방법은 간단하다.

집중하고
닫는다

파타의 집 앞에는 작은 놀이터가 있었다. 전철역과 가까웠기에 퇴근 시간이 지나고 나와야지만 놀이터 주변이 한가했다. 카리와 파타는 가장 좋아하는 그네에 먼저 엉덩이를 올렸다. 힘차게 뻗은 두 발 덕분에 지면과 더욱 멀어졌다. 투명한 향기가 나던 여름날이었고 이날은 파타의 생일이었다. 양손에 힘을 주고 고개를 뒤로 젖히니 세상이 거꾸로 보였다. 위아래가 반대로, 앞뒤로 일렁이는 세계는 익숙한 두 형체가 벤치에 앉은 채 자신을 바라보고 있기에 안정적으로 보였다. 이제는 카리가 파타의 그네를 꼬아준다.

"손 놓으면 안 돼!" 카리가 손을 떼자 파타는 빙그르르 돌기 시작한다. 어지러운지 눈을 감은 파타가 정신을 차리려고 애쓰는 순간 카리의 목소리가 또 들렸다.

"저게 뭘까?"

파타와 카리는 오래도록 벤치 위에 놓여 있는 봉투에 눈길이 돌아갔다. 호기심이 넘쳐나는 두 자매는 봉투를 풀어헤친다. '많이 주지 마세요.

햄스터 모이'라고 적힌 봉지와 함께 두 마리의 햄스터가 들어 있었다. 끈질긴 설득 끝에 봉투를 들고 집으로 돌아온 그날 저녁. 갈색을 띤 저 아이는 언니, 검은 점박이 아이는 자신을 뜻하는 거라고 합의했다. 잠들기 직전 자신의 생일을 되짚어보던 파타는 햄스터의 안부를 물을 수 있는 아침이 빨리 오길 기다렸다.

27 ______________ 파타는 답답함을 이기지 못하고 나왔다.

그런 그녀는 자신을 따라 흐르는 물살을 보고 힘을 얻었고 등 뒤를 상냥히 밀어주는 바람에 기분이 풀렸다. 더 비참한 순간이다. 위로받고 싶은 대상이 아닌 뜻하지 않은 곳에서 얻은 위로는 기쁘기보다 창피했다.

파타는 생각했다.

'한강물도 해낼 수 있는 일을 왜 그는 하지 못할까.'

동시에 혹여나 자신도 누군가에게 이 바람보다도 못한 존재가 되어주는 건 아닐지 걱정했다.

집으로 돌아온 파타는 비어 있는 술병들을 치우고, 침대에 누워 있는 뒷모습을 찾아냈다. 안정적인 숨소리와 함께 이불이 미세하게 움직였다.

"나 왔어."

파타는 작게 말했다. 늘 그래왔듯 깨지 않는 그에게 실망하면서. 오늘도 깨지 않길 간절히 바랐다.

더한 실망을 받고 싶어 파타는 들릴 듯 말 듯 말했다.

"나 갈게."

파타는 대답하지 않는 그를 확인하고 싶었다.

겨우 마음먹은 자신이 붙잡힐까 무서웠다. 자신이 비겁하다는 생각을 없애기 위해 짐은 조금 큰 소리로 챙겼고 현관문에서 바라본 뒷모습은 여전히 그 자세 그대로 누워 있었다.

28 ______________ 파타가 19살 때 일이다.

그녀는 버스를 타고 있었고, 그 버스는 종점을 향해
달리고 있었다.

그날은 입시 면접이 있는 날이었다. 파타는 버스에
앉아 있었고 계속 버스에 앉아 있을 예정이었다.

처음부터 면접을 보러 가지 않을 작정은 아니었다.
집을 나선 순간도, 버스에 올라앉은 순간에도
목적지는 확실했다. 면접 준비도 완벽했다.
계기는 없었다. 파타는 그저 앉아 있었을
뿐이었고 굳이 누군가의 탓으로 돌리자면
날씨가 좋은 것이 문제였다. 내려야 할 정류장이
지났음에도 파타는 죄책감을 느끼지 않았다.
오히려 홀가분했다. 해가 지지 않길, 버스가
멈추지 않길 빌었다. 그녀는 종점에 도착하자
호떡을 사 먹고 바로 돌아가는 버스를 탔다.
특별할 게 없어 보이는 이 선택은 파타의
처음이자 마지막 일탈이었다. 주저함 없이 나를
거스르는 길이 이토록 자유로울 수 있다니…

놀랍게도 그 일탈은 유전이었다는 사실을 파타는

몇 년이 지나고 알게 되었다. 한가한 일요일
저녁을 먹을 시간 그 언저리에 아빠는 말했다.
아빠가 19살 때, 시험을 보러 가야하던 그날에
버스에서 내리지 않은 채 시내를 빙빙 돌았단다.
마치 자신의 비밀을 들킨 듯 놀란 파타는 "왜?
아빠는 왜 안 내렸어?"라고 물었다.

"내가 가고 싶은 학교가 아니었어. 그 학교는 전액
장학금을 받을 수 있는 대학교 면접이었다.
가족들은 그 선택을 바랐고 나와 생각이 달랐지.
그렇지만 세상을 먼저 떠난 형이 생전에 해준
조언이 떠올랐어. 형이 말했지. 너는 다른 사람
말 듣지 말고, 네 생각대로 해라. 그렇게 아빠는
가고 싶은 대학교에 진학했단다."

아빠가 웃을 때면 깊은 눈주름이 세 갈래로 갈라졌다.
파타는 궁금해졌다. 아빠가 울 적에는 눈물이
어느 갈래로 떨어지려나. 아빠가 말했다.

"파타야. 네 생각대로 해라. 네 생각이 다 맞아."

아빠가 꼭 자신의 비밀을 아는 것 같았다.
파타는 웃었고 아빠의 세 갈래 눈주름을 따라
해보았지만 아직은 부자연스러웠다.

29 ______________ 언니는 파타에게 말했다.

파타 네가 6살 때 유치원 등교를 처음 하던 날 엄마가 해준 말이 있다고. 엄마, 아빠가 없을 때 파타의 보호자는 너이기에 파타를 잘 보살피라고. 파타 네가 초등학교를 입학할 때에도 같은 말을 들었단다. 또 한국에 돌아와 고등학교를 다닐 적에도 엄마, 아빠가 없을 때는 네가 파타를 보호할 의무가 있다는 말을 끊임없이 들었다고 말이다. 이제 각자 성인이 되고서는 함께 있어주지 못하지만, 자신의 의무는 끝나지 않았다고 이어 말했다. 그리고 그 의무는 우리 둘 중 한 명이 먼저 죽을 때까지 끝나지 않을 거라 했다. 흙탕물이 있다면 돌아가는 법을 알려주는 것이 아닌 함께 빠져주겠다는 자신의 보호법 또한 자세히 설명해주었다. 이 모든 것은 몇 년을 먼저 태어난 자신의 숙명이라고 인정했다.

파타는 언니에게 말했다.

그 누구도 자신에게 누군가를 보호해야 한다고
일러준 적은 없지만 나는 줄곧 언니를 따랐다고.
어릴 적에는 내가 너무 작았지만, 지금은 이
세상 누구보다 언니를 잘 아는 사람은 나
하나뿐이라고 자신했다. 언니는 늘 나보다 앞서
있지만 뒤는 내가 지키고 있다고 했고, 한국에
와서 중학교에 함께 다닐 적엔 내가 언니를
보호했던 적이 더 많았다고 정정했다. 이제
성인이 되고서는 함께 있어주지 못하지만, 나의
의무는 끝나지 않았다고 이어 말했다. 그 의무는
둘 중 한 명이 먼저 죽을 때까지 끝나지 않을
것이라 장담한다. 선두가 샛길로 샌다면 나도
함께 따라갈 테니 이 미로를 함께 탈출하자고
걱정 말라고 안심시켰다. 그리고 이 모든
것은 몇 년을 늦게 태어난 자신의 숙명이라고
인정했다.

30 ____________ 파타는 머릿속으로 세 가지의 단어를 순서대로 떠올렸다.

술 담배 남자

다시 한 번 천천히

술… 담배… 남자…

파타가 중학교 3학년이 막 되었던 어느 날, 엄마의 모임 약속에 함께 가게 되었다. 파타는 어른들의 수다를 엿듣는 걸 참 좋아했다. 어른 같지만 어른 같지 않은 그들의 대화는 가끔 우습기도, 어떤 날은 놀라울 정도로 어른 같아 괴리감을 느끼게 했다. 이날도 엄마를 졸라 겨우 합류할 수 있었다. 둥근 테이블에 있던 한 아줌마가 파타의 옆자리에 앉게 되었다. 그 아줌마는 편안한 인상을 가졌음에도 눈동자에서 뿜어지는 활기는 코에 걸쳐둔 안경을 뚫고 나올 정도였다. 다른 사람들이 공통된 주제로 열띤 대화가 오가는 틈을 타 아줌마는 파타에게 말을 걸었다.

"파타야! 넌 정말 크게 될 거야. 내가 알아."

파타는 감사하다는 뜻으로 고개를 꾸벅 숙였다.

"그렇지만 꼭 기억해야 할 것이 있어. 네가 커서 하고자 하는 일이 안 될 때 술, 담배, 남자 이 세 가지 중 하나가 원인이다." 잠시 뜸을 들이다 그녀는 말했다.

"세 가지 다일 수도 있고."

장난기 서린 눈동자를 바라보던 파타는 도통 무슨 말인지 이해할 수 없었지만 예의상 짧게 "네" 대답하고 웃었다.

"어떤 걸 조심해야 한다고?"

"술, 담배, 남자요!"

"맞아. 그게 앞으로 너의 목표를 방해하게 될 세 가지야. 일이 더 이상 안 풀릴 때, 네가 주저하게 될 때는 이 세 가지를 가장 먼저 확인해봐야 해. 알겠지?"

모임이 끝이 나고 헤어지는 그 순간에도 아줌마는 파타의 귀에 작게 속삭였다. "술, 담배, 남자." 익살스러운 목소리에 파타는 웃을 수밖에 없었다.

세 번이나 강조한 말인데도 불구하고 내내 잊고 있었던 조언은 그가 내민 선물 포장지를 뜯고 나서야 생각이 났다.

앞치마다. 큰 주머니가 하나 달려 있고 앵두가 그려져 있다. 어깨 끈에 달린 하얀 프릴은 빳빳하다. 파타는 웃었다. 기뻐서 나온 웃음도 아니었고 결코 비웃은 것도 아니었다. 요리를 하는 자신의 뒷모습을 상상할 수 있다는 틈 자체가 놀라웠다. 때때로 아줌마가 맞을 때도 있었다. 어쩌면 자주.

아끼는 사람이 생길수록 약점이 느는 기분이었고 그럴 때면 그녀는 놓아버렸다. 아무것도 가진 게 없는 자신이, 앞치마를 두르지 않은 자신은 과감했고 파타는 그게 어울렸다.

31 ______________ 숨겨둔 악동은 파타와 꽤

친밀하다.

친밀하다는 뜻은 자주 그와 소통한다는 뜻이다.

대부분은 파타의 말을 따르지만 악동의 제안도 자주 받아들여질 때가 있다. 예를 들자면 눈앞에 있는 케이크 조각을 쓰러뜨리고 먹고 싶다는 생각. 그릇에 마구 묻힌 생크림과 더러워진 포크. 음식이 담긴 그릇 위에 포크조차 올려놓지 않는 파타에게는 상상도 할 수 없는 일이다.

충만한 사랑을 느끼고 있는 상대를 바라보고 있으면 악동은 지금이라고 말한다. 지금이 떠나기 가장 좋은 시기라고. 그리고 파타는 상상해본다.

'그럼 넌 망가지겠지.'

그렇다면 그날도 너의 짓이었을까. 오래도록 마주한 눈을 똑바로 바라보자 부수고 싶었다. 관계를 망치고 싶었다. 정상에 있을 때 밀어버리고 싶은 충동을 참을 수가 없었다. 크림 브륄레를 숟가락으로 내리치고 싶은 것과 같다.

"나 다른 사람이랑 연락했었어."

모든 건 한순간에 일어났다. 그러자

K가 말했다.

"방금 뭐라고 그랬어?"

파타는 대답하지 않았다. 일어선 그는 거실을
이리저리 걸어 다니기 시작했고 이제는 슬퍼
보였다. 그녀는 여전히 사랑으로 그 모습을
쫓았다. 상대는 대답할 수 없는 몇 개의 질문을
더 했지만 파타는 침묵을 지켜냈다.
그때의 크리스마스는 그렇게 끝이 났었다.
오로지 나의 선택, 나의 결과, 나의 책임.

32 ______________ 파타는 그날 튀어나가고 싶다는 욕망이 든다고 말했다. 아무도 자신을 붙잡고 늘어지지 않았으면 좋겠다고 했고 지금 나가면 평생 멈추지 않을 자신이 있다고 했다.

33 ______________ "뒤돌아봤을 때 놓친 것이 많아요? 놓은 것이 많아요?"

"옆도 보고 앞까지 봐도 놓친 건 하나도 없어."

"하나도?"

"하나도."

"왜 그렇게 자신해요?"

"그게 사실이니까. 모든 기회를 뒤집으면 각자의 이름이 적혀 있어. 너의 것이라면 멀리서부터 잡아달라고 아우성을 치고 있을 거야."

"모르고 놓쳤다면요?"

"이 세상에 놓친다는 건 존재하지 않아. 모든 선택은 다 널 위한 거야. 직감을 믿고 잡아. 그래도 모르겠다면 모든 기회를 다 잡아보고 뒤집어봐야지."

"아무리 뒤집어도 제 이름이 나오지 않아요."

"더 좋네, 남의 기회를 먼저 확인해볼 수 있는 또 다른 기회를 얻었네. 그 사람이 기회를 어떻게 사용하는지 구경이나 해."

"할아버지만큼 전 느긋하지 못해요."

"파타야. 예열 중일 때 어중간하게 달리지 마라. 달려야 할 때 달리고, 멈춰야 할 때 멈출 줄 알고, 경고가 울리기 전에 재정비하고, 예열 중일 때는 모든 기회를 뒤집어보는 거야. 그리고 끝이 났을 때는 아까워하지 않고 모든 걸 제자리에 두고 오겠다고 약속해."

본 적도 없는 할아버지와 약속을 하려는 찰나에 파타는 낮잠에서 깨어났다. 그녀는 몸이 좋지 않을 때만 낮잠에 들었다.

한껏 까치발을 들고 창에 얼굴을 바짝 붙인 파타는 창 너머 언니를 구경하고 있다. 머리를 동그랗게 묶은 언니와 학생들은 일렬로 선 채 노래에 맞춰 발을 바꾼다. 핑크빛 타이츠 위에 하얀 치마는 움직임에 따라 나풀거렸고 그들은 아무리 뛰어도 소리가 나지 않는 마법 같은 신발을 신고 있었다. 종아리에 쥐가 난 듯 주저앉은 파타는 작은 손으로 자기 다리를 열심히 조물조물한다. 엄마는 말했다.

"언니 끝나려면 멀었어. 이리 와."

눈길도 주지 않은 파타는 다시 높이 뒤꿈치를 들고 안을 들여다보았다. 선생님은 늘 보라색 벨벳 발레복을 입고 있었다. 척추를 따라 뼈가 고스란히 다 보였고 살짝 들린 고개와 아이들을 내려다보는 눈이 무척 예뻤다. 창에 검은 산이 자꾸 쑥 솟아오르니 선생님과 눈이 마주쳤다. 그녀는 '헤' 웃은 파타의 콧바람으로 순식간에 뿌예진 창 때문에 반달로 접힌

파타의 눈을 보지 못했다. 파타는 이렇게 두
달째 언니의 발레 수업을 따라왔다. 개설된
수업에 참여하려면 어린 파타는 아직 1년을 더
기다려야 했다. 저번 주에도 같은 말을 들었다.
귀를 뚫는 언니 옆에서 손을 꼭 잡아주던
파타에게 꼬박 1년 뒤에야 뚫게 해주겠다는
엄마의 말이었다. 난 안 울고 참을 수 있다고
했지만 어림도 없다고 했다. 6살은 대체 어떤
나이이기에 모든 게 가능한지 알 수가 없었다.

〈호두까기 인형〉 발레를 보고 나온 파타는 추운지
목도리를 한 번 더 둘렀다. 겨울에는 꼭 한번
발레를 봐야 한다고 했다. 그녀는 그때 한국에
돌아오지 않았더라면 발레를 계속했을 거라고
짐작했다. 잘했을지는 모르지만 즐거워했던
기억밖에 없다고 말했고 어쩌면 되풀이되는 그
기억까지가 다행이라고 했다. 구간의 반복처럼
기억은 재생되었다. 자신의 모든 이야기는
이렇게, 비행기를 타기 전과 후로 나뉜다고
말했다.

35 ______________ 파타를 이끈 세 명의 이야기꾼이
있었으니
첫 번째 이야기꾼은 카세트테이프였다. 두 자매는
늘 카세트테이프를 틀어두고 잠에 들었다.
엄마는 테이프가 함께 붙어 있는 동화책을
자주 사주었고, 언니가 좋다는 이야기는 파타도
좋았다. 네 살배기 파타는 양을 그려달라는 어린
왕자의 여러 주문만을 듣다 항상 잠에 굴복하고
말았고, 결말을 들어야 한다며 잠을 이겨내는
7살의 카리는 이때부터 집념이 상당했다.
그러므로 테이프를 뒤집는 것 또한 카리의
몫이었다.
어느 날은 글을 읽지 못하던 나이였음에도
불구하고 파타는 책을 소리 내어 읽어냈다.
엄마는 이 놀라운 장면을 기록해두기 위해
비디오카메라를 켰지만, 그제야 파타가 책을
거꾸로 들고 있다는 걸 알아챘다. 테이프에서
나오는 소리를 그대로 외운 파타는 자연스레
페이지를 넘기고 말했다.
"그러자 산타 할아버지는 외쳤어요. 아이고~ 내

보따리."

테이프가 늘어질 때쯤 두 번째 이야기꾼이 함께 침대에 누웠다.

타고난 이야기꾼인 아빠의 동화는 소재가 다양했다. 계속되는 그녀들의 주문에도 아빠의 아이디어는 줄어드는 날이 없었고 파타도 그 이야기 속에 자주 등장했다. 그중에서 파타는 외계인 이야기를 가장 좋아했다. 외계인이 수영을 배우던 일화를 듣던 날에는 실감 나게 물에 빠진 연기를 하는 아빠를 보고 웃느라 잠에 들지 못했다.

파타가 초등학교 1학년 a반으로 입학을 하자 또 새로운 이야기꾼을 만나게 된다. 담임 선생님은 등교 첫날 촛불을 챙겨오라는 숙제를 내주었다. 첫 수업이 시작되기 30분 전, 조회 시간에 선생님은 항상 책을 읽어주었다. 커튼을 닫고 각자 책상 위에 불을 붙인 초를 올려두자 따뜻하고 비밀스러운 공기가 교실 안을 가득 메웠다. 선생님은 늘 긴박한 상황에서 책을 덮었고 그 후의 이야기를 듣기 위해선 다음 날 아침까지 기다려야 했다. 파타는 자신 앞에 놓인 불씨와, 그 옆에 놓인 장미 덩굴이 그려진 자신의 필통과, 이야기를 따라 그려지는 그림 같은 자신의 머릿속을 너무나도 사랑했다.

36 ________________ 글이 보이는 얼굴은 어떤
얼굴일까.

사연 많은 얼굴일까? 그렇다면 사연이 많은 얼굴은
어떤 얼굴일까. 단지 주름이 있는 얼굴인 건가.
주름이 사연을, 글을 대변해주지는 않지 않는가.
심성이 고약해서 자리 잡아버린 주름이라면?

통창이 있는 카페에 앉아 있는 파타는 혼자 심각했다.
그녀는 흐르는 시간을 덮어버리기에 가장 좋은
몽상을 즐기는 중이다. 심사하듯 예리한 눈으로
밖을 오가는 사람들을 뜯어보며 글이 보이는
얼굴을 찾기 위해 감히 추측을 한다.

스쿠터를 타고 지나간 한 쌍은 '아냐. 너무 행복해
보여. 행복하면 글을 쓰는 법을 까먹지.' 저
할아버지는 '걸음걸이가 고약해. 분명 손에
잡은 연필심조차 부러뜨릴 거야.' 이어폰을 꽂은
채 손에 든 휴대폰 속으로 들어갈 듯 고개를
숙인 남자는 '뇌가 마비되었군.' 엄마의 손을
잡은 어린아이는 '앞으로 널 잡아먹는 몇 번의
통증들이 너의 얼굴을 바꾸겠지.'

어느새 사라진 해는 창에 파타의 모습을 비추도록

했다.

'나는…' 문장은 완성되지 못했고 바라본 자신은 남 같았다.

찬찬히 뜯어본 자신의 얼굴은 슬퍼 보였고 그 슬픈 모습이 싫지 않았다.

37 ______________ 손에서는 땀이 났다. 약속 시간이 다가오고 있었고 파타는 애꿎은 초침만을 쏘아봤지만 소용없었다. 이보다 더 정확할 수는 없었다. 초침이 6을 지나갈 때 누가 대신 치러주면 좋겠다는 유치한 생각을 했고 9를 지나갈 때쯤 잠을 뒤척이던 지난 2주는 오늘부로 해결이 될 거라는 사실로 위안 삼고자 했다. 정각에 다다르자, 문자가 왔다. 도착했다는 그의 연락을 확인한 파타는 서둘러 신발을 신고 뛰어나갔다. 심장 박동은 가빠진 숨소리로 덮였고 마치 서두른 탓에 원래도 빨랐던 박자에 이유를 심어주었다. 이렇게 그녀는 교묘하게 스스로를 속였다.

주저함 없이 차 문을 열고 조수석에 앉은 파타가 먼저 말했다.

"차 안 막혔어?" 꽤 다정했다.

"응 드라이브 어느 쪽으로 갈까?"

그는 자연스레 한 손으로 파타의 손을 잡았다. 그러자

파타의 모든 신경은 손으로 향했고 힘을 줘야 할지 빼야 할지 고민하다 기어코 손을 쥐는 법을 까먹어버렸다. 슬쩍 아래로 내려다본 서로의 손은 마치 낯선 누군가의 손 같았다. 피는 손을 제외하고 도는 기분이었고 파타는 왼손을 자르고 싶다는 생각에 빠졌다.

그가 뭐라고 했다.

"응?"

"가고 싶은데 있냐고."

"그냥 여기 동네 한 바퀴 돌까?"

"그러자."

친구의 이야기, 세탁 세제를 바꾼 이야기, 층간 소음 이야기, 맛집을 찾은 이야기, 날씨 이야기. 세 바퀴 반이 되어갈 즈음 그가 물었다.

"근데 할 말 있다며?"

눈이 마주친 파타는 웃었다. 그리고 입을 열었지만, 말은 자꾸만 아랫니의 문턱을 넘지 못했다. 겨우 넘긴 말은

"한 바퀴만 더 돌자."

그 한 바퀴는 조용했다. 그의 엄지가 파타의 손등을 세 번 문질렀을 때 파타는 용기를 냈다. 용기는 거짓보다 진실을 전할 때 더 필요로 한다는 걸 그녀는 이때 알게 되었다.

"널 더 이상 좋아하지 않아."
거짓은 없었다. 이게 다였다.
그에겐 어떠한 잘못도 없었다. 정말 이게 다였다.
파타는 말을 더 보태보려 했지만 하지 않기로 했다.

"그랬구나."
그는 여전히 엄지로 손등을 문지르고 있었다. 후련할

줄 알았던 파타의 예상과는 달리 내뱉은 말은 어떠한 무게도 지니지 않았다. 집에 다다르자, 그는 알겠다는 한마디와 함께 파타를 바라보았다. 몇 마디를 더 주고받은 둘은 손을 놓았다. 이제 그만 들어가라는 그의 눈을 보자 파타는 내릴 수밖에 없었고 그녀는 아까와 똑같이 집으로 뛰어 올라갔다.

그날 밤, 파타는 잠에 들 수가 없었다.

끔찍했다.

누운 파타는 눈을 꾹 감았다.

악당도 힘들 거야. 어쩌면 매일 밤 잠 못 드는 사람들은 악당일지도 몰라.

 탑의 꼭대기는 불에 타고 있었고

시간이 지날수록 탑의 길이는 짧아져만 갔다.

기둥을 살짝 잡고 기울이자 후드득 촛농들이

떨어졌다. 파타는 그 위에 검지를 살짝

얹었고 투명했던 촛농은 금세 하얗게 변했다.

조심스럽게 떼어 낸 하얀 왁스에는 파타의

지문이 그대로 찍혀 있었다. 열 손가락을 다

찍어 대니 지문 껍질이 쌓였다. 탑은 여전히

줄어들고 있었고 이렇게 파타는 의미 없는

자신의 흔적을 수북이 만들어 냈다.

어느 날은 점토에 손도장을 찍어 방문 앞에

걸어놓기도 했으며, 또 다른 날에는 두 손을

조심히 모아 들어온 그녀의 손 안에 네 장의

벚꽃잎들이 담겨 있었다. 놀이터에서 책을 읽다

바람이 불어 벚꽃잎들이 책 사이에 끼었다고

한다. 절대 본인이 주운 것이 아니라는 점을

강조하더니 낭만적인 흔적이라며 우연히

떨어진 그 페이지에 벚꽃잎을 붙였다.

그녀는 흔적을 자주 언급했다. 죽는 게 무서워서

흔적을 모으는 것이 아니냐는 나의 물음에
"안 무서워."
그리고 한참 뒤에야

"잘 모르겠어. 내가 없어지는 건 무서운가 봐."

39 ______________ 친구는 차를 돌렸다. 그러자 강은 조수석에 앉아 있는 파타와 더 가까워졌다. 파타가 야경을 더 잘 볼 수 있기를 바라는 그의 배려다. 그는 늘 이렇다. 파타는 창문 밖으로 고개를 내밀었고 그녀의 머리카락은 사방으로 흩어져 이내 눈을 힘껏 감아버렸다. 머리카락으로 엉켜져 있는 파타와 우스꽝스러운 그녀의 모습에 개의치도 않은 채 그저 시트 열선을 켜주는 이 두 사람은 20살에 만났다. 친구가 되는 데 계기는 필요 없었다. 그저 슬픔을 공유할 필요 없다는 사고가 이들을 가깝게 만들었다. 그리고 약속했다. 각자 슬퍼하고 축하만 공유하기로. 친구는 구별하기도 힘든 파타의 표정을 잘 읽는 재능을 가지고 있었고 세세한 걸 묻지 않는 적당한 무심함을 닮은 둘은 하고 싶은 말을 할 때까지 기다릴 뿐, 물어보는 법이 절대 없었다.

어느 날 평범한 안부 전화를 끊고 3분 후에 휴대폰이 다시 울렸다.

그는 파타를 잘 알았다. 그녀를 위해서는 한마디면 충분했다. 고심도 안 했을 그는 파타에게 짧게 메시지를 보냈다.

"모든 행운을 빌어 파타야."

파타는 자주 이 문장을 떠올렸다. 이왕이면 그 모든 행운을 정확히 반으로 갈라 너와 나에게 나눌까?

"추워 창문 닫아."
엉킨 머리를 집어넣은 파타에게 그는 자신의 휴대폰을 넘겼다. 드라이브의 선곡을 자신에게 맡기는 행동이 새삼스럽게 감동적이었다. 서로의 취향과 신뢰가 증명된 셈이었다.

"넌 날 사랑하는 게 틀림없어." 파타의 목소리가 어려졌다.
친구가 말했다.

"딱 세 곡만 틀어."

파타는 네 곡을 틀게 해줄 걸 이미 알고 있었고

노래를 틀었다.

NoMBe가 노래했다. 〈This moment lasts forever〉

40 ______________ 문득, 파타는 열 손가락을 펴고
계산하기 시작한다.
'정해진 시간 아래 내가 죽을 때까지 읽을 수 있는
책이 몇 권쯤 되려나.'
서점에 있는 책만큼도 못 읽겠네…
'정해진 시간 아래 내가 몇 명의 사람을 더 안아줄 수
있으려나.'
새로운 사람을 안아주느니 아는 사람을 두 번 세 번
안아줘야겠네…
'정해진 시간 아래 여행을 몇 번이나 갈 수 있으려나.'
매년 한 번씩 간다고 해도 지구의 반도 모르겠네…

41 ______________ 차 한 대가 겨우 지나갈 수 있는 좁은 시골길이다.

귀뚜라미 소리가 들렸다. 파타는 자신이 듣고 싶어 입힌 소리인지 정말로 귀뚜라미가 울고 있는 건지 알 수 없었다.

'개구리 소리인가?'

파타는 다가오는 것도 따라오는 것도 없다는 걸 확인했다.

그리고 살며시 바닥에 누웠다. 정면에는 막이 씌워진 파란색이 펼쳐져 있다. 구름막을 걷어내면 짙은 남색이 보이리라 생각했다. 너무나도 균일해 눈 둘 곳을 찾지 못했다. 자신을 짓누르는 답답함에 그녀는 눈을 감아버렸다. 희미하게 물소리가 들렸다. 이젠 개미 발자국 소리가 들리더니 얼굴을 기어오른다. 한동안 누워 있던 파타가 눈을 떴을 때 빗방울이 떨어지고 있었다. 그녀는 주머니를 더듬고서야 휴대폰을 두고 나왔다는 걸 알았다.

대강 5시가 지나가고 있으려나.

친구는 포크로 면발을 돌돌 말고 있다. 그녀는 포크를 입 속에 넣는 순간에도 눈물을 떨어뜨렸다. 벌어진 입을 지나 수직으로 빠르게 떨어지는 눈물을 보고 있던 파타는 그녀의 눈을 보자 놀랐다. 친구의 검은 눈동자에 익사할 것만 같았다. 찰랑이더니 가득 찬 것이 후드득.

"예쁘다." 파타가 말했다.

"살 빠져서 그래. 2주 동안 아무것도 먹지 못했어. 차이기 전에 이 모습을 보여주었어야 했는데." 친구는 직원을 불러 피클을 더 채워달라 주문했다.

"휴지를 볼에 붙여놓는 건 어때?"
파타는 진지했다. 눈물을 계속해서 닦아내는 그녀의 피부를 고려해 방금 생각해낸 가장 효율적인 방법이었다. 친구는 파타의 뜻에 따라 휴지를 나누어 볼에 대고 눌렀다.

"7년을 함께했는데 이제는 내가 필요 없대."

"기특도 하지." 파타는 부드럽게 말끝의 어미를 늘렸다.

"많이 울었어. 걔가. 날 껴안고…" 그 당시를 다시 떠올린 그녀는 더 이상 울지 않았다. 해지다시피 되뇐 기억을 늘렸다. "왜 울었을까. 후회하고 있을 거야. 내가 먼저 연락하길 기다리고 있을지도 몰라. 그는 용기가 없거든." 동의를 구하려는 그녀의 초점은 선명했다.

"널 위한 눈물이 아닐 거야. 혼자이기를 결심한 자신을 위한 것일 거야. 어쩌면 대단한 용기를 가진 사람일지도 몰라." 오답을 말하자 벌은 휴지가 받았다.

휴지가 다시 젖어들었다.

둘 사이 놓인 콜라 속의 탄산 소리 덕분에 침묵은 존재하지 않았다.

"안 죽은 게 어디야." 튀어나온 파타의 말에 친구가 고개를 숙인 채 웃었다.

"난 생각해. 안 죽은 게 어디야. 어딘가에서 같이 공기를 나눠 먹고 살고 있으니 다행이다. 그래도 불쑥 괘씸할 땐 숨을 조금 크게 들이마셔. 걔가 마실 공기가 조금은 부족하길 바라면서."

친구는 코를 풀며 뭉개진 발음으로 말했다.

"참 쉽지가 않아 모든 게."

"맞아 우린 죽을 때까지 서투르겠지."
둘은 마주 보고 웃었고, 그 웃음은 힘이 되어주기보다 힘이 빠졌다.
친구가 말했다.

"다음엔 더 사랑해야지. 내 꿈은 모든 걸 사랑해 버리는 거야."

파타도 말했다.

“나의 꿈은 모든 이별에 익숙해지는 거야…”

43 ______________ 탁, 탁, 탁,

마구 뛰어가는 파타와 카리. 카리의 두 손에는 눈사람이 굳건하게 서 있다. 눈, 코, 입의 형상을 다 갖춘 눈사람은 발만 없을 뿐 모든 게 매끄럽고 완벽해 보였다.

"아…"

축축한 카리의 손이 점점 벌게졌다. 집에 도착하기 위해서는 긴 계단을 빙글빙글 더 올라가야 했다.

"언니! 이리 줘!" 파타가 당차게 작은 두 손을 내밀었다. 눈사람보다도 작은 동생의 손을 믿어도 될지 고민하던 순간에 똑, 물방울이 떨어졌다. 파타는 할 수 있다는 말 대신 내민 손을 한 번 더 흔들었다.

"조심히 올라가."

눈사람은 이제 파타의 손 위에 앉았다. 손이 자유로워진 카리는 속력을 높였고 종종 뒤를 돌아보며 파타가 임무를 잘 해내는지 확인했다. 하얀 덩어리만을 주시하며 계단 끝에 다다르자 카리가 미리 현관문을 열어두고 기다리고 있었다. 둘은 부엌으로 곧장 달려가 냉동고 문을 열었다. 모든 일은 신속하게 이루어졌고 안락한 눈사람의 보금자리를 위해 아이스크림 통쯤은 기꺼이 포기했다. 파타는 손을 입 앞으로 가져가 '하' 따뜻한 숨을 뱉었다. 오래도록 한자리를 차지하고 있던 눈사람은 늘 같은 표정을 짓고 있었고, 같은 표정을 보기 위해 그들은 냉동고 문을 수십 번도 넘게 열고 닫았다.

그러던 어느 날 엄마가 말했다.
"평생 이 자리에 있을 순 없어. 해 좋은 날 같이 들고 나가자."

해는 제 시간에 떴고 눈사람은 원래의 자리에 놓였다. 눈이 기울어지더니 코가 떨어졌다.
눈사람이 없어질 때까지 자매는 그 자리를 지켰다.

카리가 말했다.

"내년에 또 만날 수 있어."

둘은 손을 맞잡고 집으로 뛰어 올라갔고

눈사람은 물웅덩이조차 되지 못했다.

파타는 하얀 말풍선을 오래도록 쳐다보고 있었다. 일정 시간이 지나자 자꾸만 꺼지려는 화면을 다시 누르는 일은 귀찮지 않았다. ‘순리라…’ 파타는 검색창을 열었다.

순리[順理]: 순한 이치나 도리. 또는 도리나 이치에 순종함.

다시 채팅창을 켰다.
‘모든 건 순리대로 흘러갈 거야.’
이별을 뜻하는 건지, 응원의 말인지, 우리를 위한 말인지…
감정을 정의하고자 애쓰던 파타의 미간이 구겨지려는 찰나에 전화가 왔다. 아빠다. 아빠는 2골을 넣었다는 자랑스러운 소식을 전해주었다.

“아 오늘 토요일이구나.”
아빠는 매주 토요일에 친구들과 공을 찬다. 그 덕분에

자매는 태어났을 적부터 잔디를 밟는 것이 익숙했었다.

파타는 끊으려는 전화를 붙잡았다.

"아, 아빠. 순리대로 흘러간다는 게 뭐야? 순리가 흘러가는 게…"

"모든 것이 질서 있게 주어진 대로 흘러가는 거지. 때가 되면 계절이 바뀌고, 물은 기울어진 곳으로 조용히 흐르고…"

"…"

"순리에 집중하지 마. 중요한 건 '흘러간다'야. 흐름을 떠올려봐."

전화를 끊자 다시 같은 말풍선이다.

"모든 건 순리대로 흘러갈 거야."

영원한 헤어짐과 동시에 다시 한 번의 우연에 도박을

건 듯했다.

그녀는 순리를 설렘으로 분류했고

답장은 하지 않았다.

45 ______________ 그날은 토요일이었어. 4교시를 끝마치고 집에 돌아가는 길이었지. 하복을 입어야 할 계절이었고, 난 허리까지 내려오는 긴 검은 머리를 유지하고 있었어.

내 집에 도착하기 위해서는 조금 돌아가야 하는 큰길과, 지름길이지만 작은 골목길 중 하나를 선택해야 해. 평소에는 큰길을 애용해. 그렇지만 날씨가 너무 더운 탓에 지름길을 가로질러 가고 싶었어. 골목길에 들어서서 한참 걷던 중에 누가 내 어깨를 톡톡 두들기더라고. 한쪽 귀에 꽂은 이어폰을 빼고 뒤를 돌아보자, 온몸에 소름이 돋더라. 평범한 30대 남자가 서 있었어. 처음 보는 사람이지만 그를 본 0.1초의 찰나에 나의 온몸이 신호를 보내는 거야. 얼어붙은 몸에 식은땀이 흐르기 시작하고 가슴이 미친 듯이 뛰기 시작했어. 빨간 사이렌이 내 몸 안에서 반짝이는 기분. 알람 진동이 내 배 안에서 울리는 그런 기분.

그 남자는 테두리 없는 투명한 안경을 끼고 있었어. 여드름 자국이 가득한 피부를 가졌고 키가 큰

편이었어.

“호… 혹시… 여기… 여기 주소… 어… 어딘지 알려주…세요…”

그는 눈도 마주치지 못한 채 구겨진 작은 종이를 보여주었어. 괴상한 그 모습에 놀란 나는 그에게서 눈을 뗄 수가 없었지.

“저도 잘 모르겠어요. 죄송합니다.”

내 말이 끝나자마자 그가 또

“이… 이 주변… 이… 라고… 어… 딘지 몰라… 서… 같이 가주세요…”

“저도 이사 온 지 얼마 안 돼서 길을 잘 몰라요. 죄송합니다.” 겨우 돌아섰을 때 그 남자가 덥석 내 손목을 잡는 거야. 붙잡힌 난 빠르게 골목길을 훑었지만 그 누구도 보이지 않았고 한계를 넘어선 공포에는 비명도 나오지 않는다는 걸 알았지. 그는 계속해서 같이 가자는 말을 반복했어. 어딘지도 모른다는 곳에 말이야.

"잠시만요. 어 아빠. 나 집에 돌아가는 길이야." 난 한쪽에 남아 있던 이어폰에 목숨을 걸기로 했어. 돌아오는 대답 없이 노래만 흐르고 있었지만 이어서 말했어.

"여기 누가 길을 물어보는데… 아빠가 이 근처에 있다고? 그러면 잠시만 끊지 마 봐. 아저씨! 아빠가 여기로 오고 계시다는데 그럼 아빠랑 같이 길 찾는 거 도와드릴게요."

사색이 된 그는 내 손목을 놓았고 갑자기 괜찮다는 거야. 그땐 내가 한 번 더 잡았지.

"아니에요. 아빠가 길을 훨씬 잘 알아요. 아빠 빨리 와~"

아빠라는 한마디에 그는 빠른 걸음으로 날 지나쳤고
난 그와 동시에 들어섰던 길로 다시 달려갔어.
그 속도를 유지한 채 큰길로 뛰어 올라가는데,
정면에 그 남자가 내려오다 다시 나랑 눈이 딱
마주친 거야.

그는 화가 나 보였어. 빠른 걸음으로 성큼성큼
내려오는 모습을 보자마자 아빠에게 전화를
걸었고 난 신호를 무시하고 도로 건너편에 있던
편의점으로 도망쳤어. 남자는 길 건너편에서
오랫동안 편의점 안에 서 있는 나를 주시하더라.

내 전화를 받은 아빠는 바로 편의점으로 뛰어
들어왔고 집으로 돌아가는 내내 난 뒤를 돌아볼
자신도 없었어. 그날 하루는 한 끼도 먹지
못했어. 토할 것 같았거든.

파타의 이야기가 끝나자 모여 듣던 친구들이 말들을
얹는다.

"무슨 기분인지 알아."

“맞아. 그 신호는 끔찍해.”

“나도 혼자서 밤을 여행해보고 싶은데…”

모두 같은 생각을 들킨 듯 한동안 조용했다.

“내가 중학교 때 지하철을 타려고 기다리던 때였어…”

다음 친구가 말을 이어하기 시작했고 빙수에는 침 묻은 숟가락들이 섞이고 있었다.

46 ______________ 손을 가지런히 무릎 위에 올려두었을 때

왼쪽에서 두 번째 남자가 질문했다.

“파타 씨는 무엇을 가장 잘하나요?”

“기다리는 거요.”

너무나도 짧은 대답에 정적이 흘렀고 줄곧 종이를 보던 남자들은 흘깃 파타를 쳐다보았다. 가운데 남자가 묻는다.

“그럼 본인의 장점이 뭐라고 생각하세요?”

“음, 기다리는 거요.”

“파타 씨는 위기가 있을 때 어떻게 극복했나요?”

“기다렸어요 조용히.”

"파타 씨는 이런 면접을 많이 봐서 긴장을 안 하는 건가? 아님 성의가 없는 건가?" 왼쪽에서 첫 번째 남자가 비아냥거리자 파타는 한 텀 쉬고 말을 이었다. 상대가 무례할 때 말을 시작하기에 앞서 몇 초의 시간을 확보하는 것만으로 모든 흐름은 자신의 것이 될 거라고 했다.

"대답의 길이가 성의를 판가름하나요?"

가장 나이가 많아 보이는 남자가 웃으며 물었다.
"어떤 걸 잘 기다린다는 거예요?"

"길게 늘어선 줄에 차례를 정직하게 기다리는 거나, 무기한의 대기라든지… 나에게 다가오는 모든 것들을요."

"마지막으로 꿈이 무엇인가요?"

이것만큼은 솔직할 수 없었다. 파타는 답했다.

"이곳에 합격하는 일이겠죠."

47 ________ 하얀 작은 방에 걸맞게 창문도 작았다. 파타는 3인용 낡은 갈색 소파 정 가운데에 앉아 있었다.

그녀의 시선이 머무른 곳은 왼편 구석 자리를 차지한 식물이다. 그녀는 앞으로 자주 그곳을 바라보며 말할 것이다.

'저 선인장 하나가 이 방을 따뜻하게 해줄 거라 생각한 건가?'

이때 맞은편에 앉은 선생님이 생각의 꼬리를 잘라주었다.

"자. 파타 씨, 저번 주 우리의 첫 만남 이후로 어떻게 보내셨어요? 그날 돌아가는 길에 한 말을 후회하거나, 하지 못한 말이 있어 아쉬운 감정은 없었나요?"

파타는 대답했다. "네 없습니다. 잘 지냈어요."

"저희도 서로 편해져야 하는 시간이 필요하니까 부담 갖지 마시고 천천히 가까워집시다."

고개를 끄덕인 파타는 짧게 웃었다. 그녀는 이 작은 방에 제 발로 걸어 들어왔지만 얕은 혼란에 빠져 있었다. 얼굴도 모르던 타인에게 자신의 이야기를 어디까지 할 수 있을지 궁금했던 그녀는 이 작은 방에 홀로 들어왔다. 시간을 사는 일은 간단했지만 그 공간을 채워야 한다는 건 꽤 어려웠다.

"저번 시간을 되돌아보니 파타 씨는 어딜 가나 들어주는 역할을 하셨을 거로 생각해요. 그러니 오늘은 파타 씨의 이야기를 들어봅시다. 어릴 적의 기억도 좋고, 가족 이야기도 좋고, 파타 씨가 하고 싶은 이야기를 들려주세요."

"어디서부터 말해야 할지 잘 모르겠네요." 파타는 구석 자리를 바라보며 가시를 다 뽑아버린 선인장을 상상했다.

"거기가 바로 시작입니다."

정직하기로 마음먹은 그녀였기에 솔직함의 정도보다 분량을 조절하기로 스스로 합의를 보았다. 파타는 차분하게 말하기 시작했다. 선생님의 표정과 펜은 파타의 이야기를 따라 바쁘게 움직였고 흐름은 속도를 얻었다. 방 안에 울리는 자신의 목소리에 익숙해졌을 때쯤

"잠깐만요 파타 씨, 말 끊어서 미안해요. 궁금한 게 있어서."

파타를 잠시 바라보던 선생님이 물었다.

"파타 씨는 왜 아픈 이야기를 웃으면서 하세요?"

"네?"

"보통 떠올린 과거의 기억을 이야기할 때 그때의 감정이 피어올라 화를 내는 분도 있고, 우는

분들이 대부분이고요. 얼굴에 순간적인 감정들이 지나쳐 다니죠. 근데 음 뭐라고 해야 할까요. 파타 씨는 자신의 이야기를 누군가에게 들었던 이야기를 전해주듯이 말해요. 웃으면서. 아무 일도 아니라는 듯이."

파타는 아무 말도 하지 못했다.
멋쩍은 듯 또다시 웃음이 나는 자신이 싫어졌다.

"괜찮지 않은 건 괜찮지 않은 거예요 파타 씨."
"… 어차피 다 지난 일이니까."
파타의 목소리가 조금 작아졌다. 잘못하지 않았지만 잘못한 것 같았다.
숨지 않는 연습을 하자는 숙제를 받은 파타는 그날 돌아가는 차 안에서
처음으로 자신에게 연민을 느꼈다.

48 일곱 번의 만남 끝에 그녀는 마지막 인사를 적은 메시지를 보냈다.

선생님
절 용서하기로 했고
용서했어요.
이 방법을 잊지 않겠습니다.

49 ______________ 그리고 마침내 그녀를 만났을 때

2부

생각의 기록

가장 쉬운 일

작은 소극장이 있다.
조명이 켜지고 오른쪽 무대에서 사람들이 줄줄이 들어온다.
등장인물은 날 아프게 한 모든 사람들. 공연은 자주 반복된다. 배우들은 일회성으로 나오기도 하고 매번 출석하는 인물도 있다.
이제 내가 올라간다.
자 왼쪽부터 한 사람씩. 인물들이 사과한다. 악수를 청하기도 하고 날 안아주기도 한다.
그렇게 그들은 끝없이 나에게 사과하고 난 기꺼이 용서한다.

내 머릿속의 공연은 막을 내리고
이 공연은 연중무휴다.

이렇게 난 잠이 들고 매일 용서하는 법을 익힌다.

가장
쉬운 일

작은
소극장이 있다.
조명이 켜지고 오른쪽 무대에서
사람들이 줄줄이
들어온다.
등장인물은 날 아프게 한 모든 사람들
공연은 자주
반복된다. 배우들은 일회성으로 오기도 하고
매번 출석하는 인물도 있다.

이제 내가 올라간다.
자 왼쪽부터 한 명씩. 사과한다. 악수를
청하기도 인물들이
하고 안아주기도 한다.
그렇게
그들은 끝없이
나에게 사과하고
간간이 용서한다.

내
머릿속의
공연은 막을 내리고
이 공연은 연중무휴다.
이렇게
난 잠이 들고
매일
용서하는 법을
익힌다.

P.69

나의 영혼은 괴롭도록 나이 먹었고 몸은 괴롭도록
젊은 저주에 걸린 것은 아닐지, 혹여 이
어긋난 박자 소리는 영혼은 괴롭도록 젊고
몸은 괴롭도록 나이 먹고 있는 탓일지, 또는
내 추락이 영혼의 젊음 때문일지 몸의 노쇠
때문일지,

나의 일정한 걸음 아래 위태로운 널빤지가 날뛰고
있었고 난 그렇게 이 모험을 맞이하고 있었다.°

° 밀란 쿤데라 『삶은 다른 곳에』 (민음사, 2011) p.69의 오마주.

나의 영혼은 괴롭도록 나이 먹었음에도록

젊은 저주에 걸린 후버렸지, 이

어긋난 소리였지 영혼과 몸은 그렇고

몸은 괴롭도록 나이 먹고있는 듯 했었지

내 추억이 영혼 때문인지 몸 때문인지

때문인지.

나의 간절한 아니 위태로운 길 빼 새겨고

있었고 난 그렇게 모험을 모험했다

고백

"지금도 슬퍼?"

"응."

"왜 슬픈데?"

"난 행복할 때 슬퍼."

"행복한데 왜 슬퍼?"

"이 순간은 다시는 오지 않을 지나갈 시간이니까."

"또 행복할 텐데?"

"그치만 이 세상에 같은 행복은 존재하지 않잖아."

"그럼 슬플 때는?"

"슬플 때는 안심해."

"왜?"

"이보다 더 나쁠 일은 없을 테니까."

"그건 너무 슬픈 일이다."

난 엎어져 있었고 오래도록 슬펐다.

고백

"지금도
슬퍼?"

"응."

"왜
슬픈데?"

행복할 때 슬퍼."
"행복한데
왜 슬퍼?"

"이
"또 순간은 다시는 오지 않을 지나갈
"그 행복할 때였으니 같은 행복은 시간이니까."
이 않잖아."
"그럼 슬플 때는?"

"슬플 때는 안심해." 존재하지

"왜?"

"이보다 더 나쁠 일은 없을
"난 좋아서 슬펐고 오늘도 슬펐다니까." 테니까.

빨간 말풍선

누군가를 만나 이해받으려 애쓰지 않아도 되고
기대와 실망을 반복하지 않아도 되고
적힌 활자 한마디가 오랜 시간 고민했던 나의 복잡한
마음을 정리해주며 기대하지 않았던 위로가
갑자기 튀어나와 눈을 떼지 못하게 만든다.
그러자 나는 빨간 숫자를 덮고 무음으로 소리를
죽였고,
내 마음대로 그려놓은 얼굴을 가진 수많은 사람들을
만나기 시작했다.

빨간

애쓰지

말풍선

되고

누군가를

않아도

이해받으려

만나

기대와

않아도

실망을

할머니가

되고

오면

반복하지

철자

나의

정리해주며

고민했던

싶거

음

눈을

튀어나와

잡지가

복잡한

위로가

기대하지

빨간

그리지

숫자를

않았던

떼지

주었고,

만든다.

마음대로

못하게

무음으로

덮고

그럴듯한

소리를

얼굴을

수많은

시작했다.

사람들을

거친

만나기

스스로에게 가장 많이 하는 질문

어차피 좋아질 기분 조금 빨리 좋아지면 안 될까?

성공법칙

잘 되는 사람의 이유와

내 주변의 실패와

내 경험의 판단이 합쳐지면 틀릴 이유가 없는데

성공법칙

잘 되는 사람의 이유와

그 주변의

내 경험의 실패와

판단이

합쳐지면

틀림

이유가 있는데

은유의 맛

사랑은 은유로 시작된다지.

입맛이 바뀌고 공통점을 만들려고 없던 취미도 만들어내는 연애 극초반. 상대의 모든 말들을 새겨듣는 그 순간, 난 꽤 자주 말한다. "비 오는 날이 좋아." 그럼 비 오는 모든 날들은 나를 위한 날이 된다.

"너 이제 비 오면 내 생각날걸?" 마지막 주문을 걸어두고 효력이 오래가길 기도한다. 비는 늘 갑작스럽게 내리니까 나와 헤어지더라도 상대는 영원히 비 오는 날 고통받으리.

사랑은 은유로 시작된다지.

나도 내 마음속에 새겨진 누군가의 은유로 인해 고통받듯이 너도 오랫동안 은유의 고통을 맛봐라.

은유의 맛

사랑은 은유로 시작된다지.

입맛이 바뀌고 공통점을 만들려고 없던 취미도

만들어내는 연애 초반. 상대의 모든 말들을

새겨듣는 그 순간, 난 꽤 자주 말한다. "비 오는

날이 좋아." 그럼 비 오는 모든 날들은 나를

위한 날이 된다.

"너 이제 비 오면 내 생각날 걸?" 마지막 주문을

걸어둔다. 훗날이 오래가길 기도한다. 빗물도
[illegible]

상대는 영원히 비 오는 날 고통 받으리.

사랑은 은유로 시작된다지.

나도 [illegible]
맛봐라.

다크 초콜릿·화이트 초콜릿

"우리는 모든 것을 상반되는 것을 통해 인지한다.
밤과 구별되는 낮, 성공과 구별되는 실패,
전쟁과 구별되는 평화, 위험과 구별되는 안전"°

상반되는 것을 통해 인지한다라. 내가 날 인지하지
못하는 이유는 상반된 날 찾지 못해서인가?

° 개빈 드 베커 『서늘한 신호』 (청림출판, 2018)

지

초콜릿.

초콜릿

화이트

것을

것을

모든

"우리는

인지한다.

상반되는

통해

구별되는

밤과

낮,

구별되는

전쟁과

성공과

실패,

별되는

평화,

구별되는

위험과

안전"

통해

인지한다.

상반되는

인지하지

것을

내가

낮

낮

찾지

이유는

못하는

상반된

못해서인가?

진실

난 한 번도 흔들린 적이 없다. 불안한 적도 없다.
걱정한 적도 없다.
랄프 왈도 에머슨의 말처럼 '나의 직관은 하늘의 태양만큼이나 객관적인 사실이기에.'°

° 랄프 왈도 에머슨 『자기 신뢰』(현대지성, 2021)

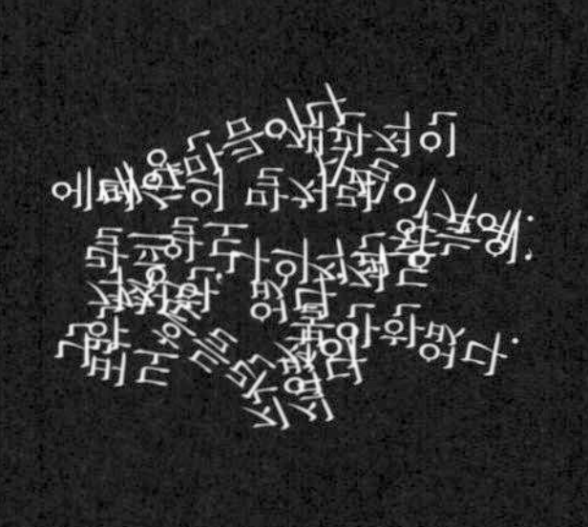

조준

내 마음은 중앙에 있는가

내 마음은 아래에 있는가

내 마음은 나아가 있는가

내 마음은 멈추어 있는가

내 마음엔 대체 누가 있는가

조준

나아가며 움[illegible]

내 마음은 멈추어 있는가

중앙에
마음은 내 있는가

내 마음은 있는가
대체

내 마음은 아래에 있는가

눈맞춤

자꾸만 돌아갈 곳이 있다는 마음이 떠오른다.
자꾸만 돌아갈 곳이 있다.
시간이 흐를수록 그 마음은 확신이 되어 어딘가에 숨어 있는 죽음에 대한 불안함을 기어코 찾아내 두 손 꽉 안고 있다.
근데 대체 어디로? 모르겠다. 그렇지만 난 돌아갈 곳이 있다.

그리고 어느 날 난 이 비밀을 언니에게 털어놓기로 다짐했다.

"언니 어떻게 들릴지 모르겠지만, 난 자꾸 돌아갈 곳이 있다는 느낌이 들어. 그래서 이 세상이 하나도 무섭지가 않다."

날 가만히 바라보던 언니는

"정말? 사실 나도 그래."

역시 나는 언니고 언니는 나구나!

눈맞춤

자꾸 들어올 곳이 있는
마음이
자꾸만 들어갈 곳이었다. 떠오른다.
시간이 흐를수록 그 마음은 확신이 되어
어딘가에
숨어 있는 죽음에 대한 불안함을 가지고
두
팔 꽉
안고
찾아내
있다.
근데 대체
어디로?
그리고 모르겠다.
그렇지만 난
어느 날
난 이 비밀을 들어갈 곳이
"언니 어떻게 언니에게 있다.
들킬지 털어놓기로
것이
모르겠지만. 다짐했다.
있다는 느낌이 난 자꾸 들어갈
들어. 그래서 이 세상이
하나도 무섭지가 않다."
가만히
날
바라보던
언니는
"정말? 사실 나도
그래."
역시 나는 언니는
언니고 나구나!

鄕愁

"파타 잘 가."

"나 잊어버리면 안 돼."

"내가 만든 팔찌인데, 너 줄게."

"자주 와야 해."

"Tschuss Pata (잘 가 파타)."

"…"

"안 가면 안 돼?"

학교에서의 마지막 날이 생각난다.

고향에서의 마지막 날이 생각난다.

울음을 그치지 못한 언니는 숨을 헐떡이고 있었다.

헤어짐이 무엇인지 알기에 너무 어린 나이 탓이었나?

나는 친구들과의 작별 인사 내내 한 번도 눈물을 내보이지 않았다. 돌아오는 건 너무나 쉬운 일일 거라 생각했고 평생 못 본다는 게 무엇인지 나는 몰랐다. 경험해보지 않은 일은 이 세상에서 가장 쉬워 보이니까.

"파티 잘 가."
"내가 [illegible] 말은 [illegible] 울 것 같애."
"자주 와야 해." [illegible]

"TschussPata(잘 가 파티)."
"…"
"안 가면 안 돼?"

학교에서의 마지막 날이 생각난다.
고향에서의 마지막 [illegible] 생각났다.
[illegible] 있었던 것이었나?
[illegible] 나이

나는 친구들과의 작별인사 내내 한 번도
눈물을 내보이지 않았다. 돌아오는 길 너무나
무엇인가를 [illegible] 게
가장 쉬워 보였던 [illegible]
이 세상에서

그렇게 우리 가족은 한국에 도착했다.
공항 문이 열렸고 한 발짝 내딛자마자
줄곧 닫혀 있던 나의 입이 열렸다.

"됐지? 이제 다시 돌아가자."
잡고 있는 엄마의 손을 흔들흔들

돌아오는 대답이 없었다.
올려다본 부모님의 얼굴은 고향에 온 듯한 편안함이
얼핏 보였다.
동시에 나에겐 다시 돌아가지 못할 것 같은 불안감이
피어났다.
습하고 끈적한 바람이 몸을 휘감았다. 나는 여기가
너무나도 싫었다.

그렇게 우리 가족은 한국에 도착했다
공항 문이 열리고 환한 빛이 쏟아지자마자
줄곧 막혀 있던 나의 입이 열렸다.

"됐지? 이제 다시 돌아가자."

잡고 있는 엄마의 손을 흔들흔들
돌아오는 대답이 없었다.
올려다본 부모님의 얼굴은 고향에 온 듯한 편안함이 보였다.

동시에 나에겐 다시는 돌아가지 못할 것 같은 불안감이 피어났다.

습하고 끈적한 바람이 몸을 휘감았다.
나는 여기가
더 부담스러웠다.

다음 생

"다음 생에 태어나면 뭐로 태어날 거야?"

"나무!"

언니의 물음에 어렵지 않게 뱉어낸 나의 답은 결국
그녀를 울렸다.
왜 우는지 알 수 없었으나 날 너무 사랑한 이유라고
멋대로 생각하련다.

다음 생

“다음 생에 태어나면 뭐로 태어날 거야?”

“나무!”

언니의 물음에 어렵지 않게 빼어낸 나의 대답은 결국

왜 우는지 그 시절을 좋아했었나, 봄 나무를 사랑한 이유라고 멋대로 생각해 버렸다.

일자손금

나란히 걷는 나와 아빠

문득 손을 보니 여전히,

아빠의 검지를 잡고 걷는 나의 손

아빠의 검지를 감싸는 나의 손바닥 단면.

아빠의 손보다 뜨거운 손은 없을 거야.

아빠의 손보다 두꺼운 손은 없을 거야.

아빠의 손보다 우직한 손은 없을 거야.

아빠의 검지는 늘 내 차지.

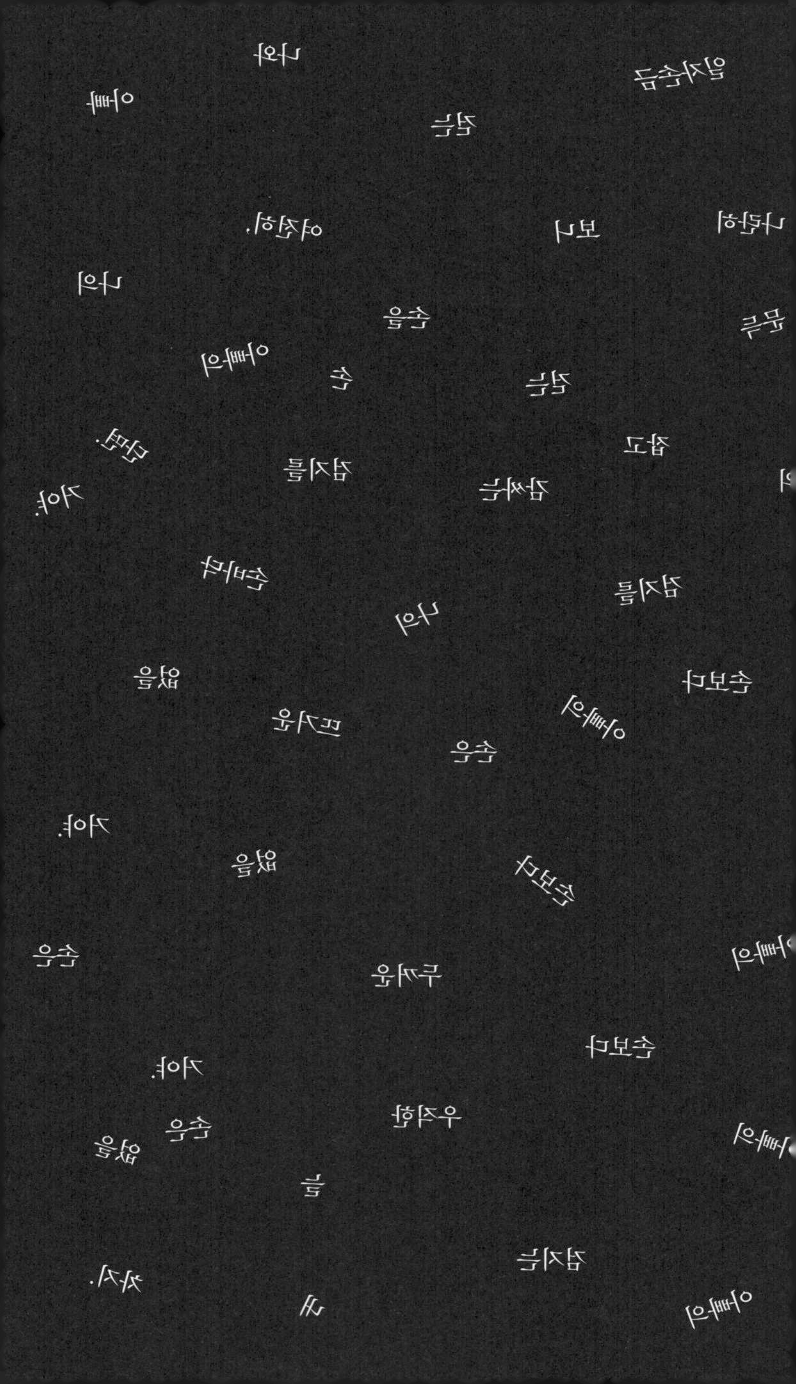

발효

움켜쥐어도 손에 전혀 묻어나오지 않는 보송한 반죽.

굳어진다 싶으면 손으로 열심히 풀어주고,

묽어진다 싶으면 더 강하게 치댄다. 어느 틀에든

딱 들어맞도록 쏟아부어버릴 수도 있고. 나의

의지대로 유연하게 늘어진다. 부풀어 있다.

말랑말랑한 게 손으로 누르면 푹- 금세

숙- 차올라. 겉면은 또 얼마나 질긴지.

말라버리지 않는 살아 숨 쉬는 촉촉한 나의 반죽.

나는 이것을 감정이라 말한다.

내가 글을 쓰지 못하는 이유는 한 가지뿐이다.
손이 한참 앞서 있는 내 생각을 쫓아가지 못할 때.
결국 오늘도 난 아무것도 적지 못했네.

내가 글을 쓰지 못하는 이유는 한 가지 뿐이다.

손이 한참 앞서 있는 네 생각을 쫓아가지 못할 때.

결국은 난 아무것도 적지 못했네.

허들

바닥에 떨어져 있는 나의 머리카락에 발이 걸려
　　　넘어질까
무섭다

하늘

바다에 떨어져
떨어질까

나의 머리카락에 별이 걸려
있는

무섭다

행운편지

비빌 언덕 있잖아.

만만하면서도 귀찮고 좋은 줄도 모르겠고, 내가 무슨 짓을 해도 그 자리에 있을 것 같은 언덕.

그게 믿는 구석이거든. 그리고 그건 꽤나 마음을 편하게 할 때가 있어.

그 언덕을 가지고 있다는 게 얼마나 큰 무기인지 모르지? 그 비빌 언덕이 있어주길 간절히 바라온 사람은 그 힘이 어떤 영향을 미치는지 알거든.

너에게 기꺼이 내가 그 언덕이 되어줄게.

아참, 오늘 파란빛 아기새가 나에게 떨어졌어. 뭔가 좋은 일이 일어날 것 같은데 나의 행운 3분의 1을 너에게 나눠줄게. 넌 작고 소중하니까. 누구보다 난 너의 행복을 비니까.

넌 좋은 사람이야.

행운편지 있을 그

영향을

모르겠고.

비밀 그 있잖아.

줄도

언덕

만만하면서도 가졌고 좋은

같은 내가 무슨

믿는 것을해도

것 언덕.

이 자리에 빼고 마음을

그게 편하게 때가 그건 그리고

는

게

언덕을 가지고 비밀 무거운지

다는 간절히

언덕이

바라봐 모르겠이 힘이 어떤 미치는지

그 뭔가 사람은

내가 그 되어줄게.

같은데

에게 왔거든. 나에게 행운 누구이거든.

아침, 오늘

것

기세가 좋은 일이 3분의

소중하니까.

너 비니까. 나의

1을 행복을

파란빛

두보다

날

나에게 나눠줄게. 얼마나 멀어졌어. 일어날

작고

넌 좋은

사람이야. 있어. 나의 있어주길

질문

1. 여행을 가본 적이 있나?
2. 언어를 하나 이상 하는가?
3. 글을 쓰나?
4. 눈 감고 당장 읊을 수 있는 시가 있나?
5. 밀란 쿤데라의 책을 한 권이라도 읽었나?

1.
2.
3.
4.
5.

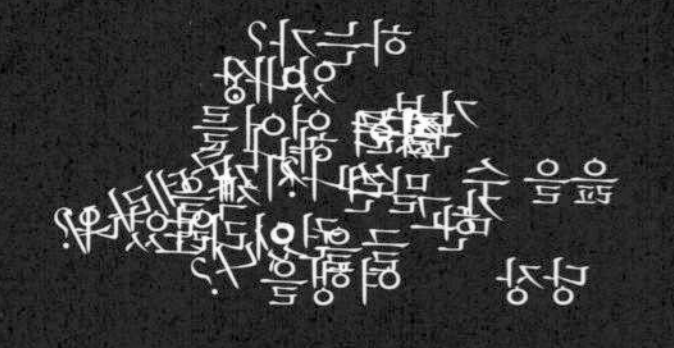

별것

가지런히 이불을 펴둔 침대에 누워 난 작은 소리로
중얼거리고 있었다.
'지루하다. 지루해. 올해 일 년을 또 살아야 한다는 게
이토록 지겨울 일이라니.'
나의 중얼거림은 용기를 얻었고, 용기 위에 소리가
앉아 터졌다.
나는 "내 말 들었어? 정말 지루하지 않아? 이
세상"이라 외쳤다. 불쑥 화장실에서 고개만
내민 너는 답했다.
"들었어?"
"뭘?"
"새소리."
"…"
"새가 창 가까이 우나 봐."

너의 눈에는 활기 비슷한 게 보였다.
입을 다물고 창을 바라보니 새가 울었다. 새소리조차
듣지 못한 내가 창피했고 새소리로도

벌컥

가지런히 이불을 펴둔 침대에 누워
중얼거리고 있었다.
'지루하다. 지루해. 올해 일 년
년을 또 ??은
이토록 지겨울
싫어서 일이라니.' 하는 나의
소리로 게 했다는 용기를
않았구. 중얼거림은
있어
소리가 위에 나는
"내 말 들었어?
정말 터졌다.
"들었어?"
"새소리." 않아? 지루하지
"뭘?"
"새가 이불속
새가 세상."
나른했다.
이 "…"
내민
새소리로 창
외쳤다.
너의눈에는 활기 비슷한 게 화장실에서 고개만
입을 다물고 창을 바라보니 울었다. 까마귀 새소리조차
들지 못한 내가 창피했고 보였다.

행복해 하던 네가 부러웠다.

또 부끄러웠다. 또.

비가 지나간 먹먹한 한강공원을 거닐던 어느 밤에.

이 세상에 존재하는 모든 빛을 튕겨내며 반짝이는

물이 보였다. 나는 생각했지. '예쁘다…' 동시에

넌 소리 내어 말했다. "예쁘다! 어쩜 이리

예쁠까. 앞에 서봐 사진 찍어줄게."

자꾸만 반짝이는 것 앞에 날 세우는 너를 보고 섰다.

겨우 예쁜 걸 예쁘다고 생각해낸 내가 기특할

뻔했는데, 소리 내어 말하는 네가 또 부러웠다.

별걸 다 질투하네.

부끄럽다 하자.

행복해하던 네가

부러웠다.

또 부끄러웠다. 또.

비가 지나간 한강공원을

막막한 거닐던 어느 밤에.

세상에

이 존재하는 모든 빛을 반짝이는

흘려내며

물이 보였다. 나는 생각했지.
'예쁘다….'

넌 소리 "예쁘다!" 동시에

말했다.

내어

예쁠까. 자꾸 어쩜 이리

앞에 서봐 찍어줄게."

자꾸만 반짝이는 저 우 것 앞에 세우는 날

곱 예쁘다고 나를 보고 있었다.

뻔했던 걸 예쁜 소리 생각해 번 네가

부끄럽다 하지 못하던 내 입이 네가 부러웠다. 기특할

말하는

미완성

비를 가득 머금고 있는 먹먹한 구름
공연 시작 3초 전의 암전
울음을 참아내는 몇 번의 목 넘김

미완성

머금고

있는

가는

비틀

공연

번의

구름

암전

3초

시작

몇

전의

희미한

울음을

남김

참아내는

몸

우뚝

자꾸만 나의 정상을 응원해주겠다는 사람들이 있다.
처음부터 나에겐 정상 따위가 없는데
그들 눈에만 보이는 정상이라는 곳이 있나
날 정상에 올려두고 떨어뜨리겠다는 생각인가.

난 늘 이 자리 가만히
어떠한 높낮이도 존재하지 않는 곳에 가만히 서 있고
모든 것이 날 지나쳐 갈 뿐 난 움직이지 않는다.

또 생각이 난다

또 생각이 났다.

자주 돌이켜 생각해보는 어떠한 장면이 있다. 겨우 걸어 다니고 안겨 있는 게 포근했던 어느 나이에 가족들과 수영장에 놀러 갔다. 나의 양팔을 두르고 있던 튜브 덕분에 고개를 내민 채 물 위에 떠 있을 수 있었다. 물놀이는 즐거웠다. 즐거웠던 이 부분은 중요하지 않다. 중요하지 않기에 곱씹는 장면은 이제부터다.

엄마 아빠는 집에 갈 짐을 챙기고 있었다. 바람을 빼기 위해 아빠는 내 팔에서 튜브를 떼어냈다. 언니는 어디 있었더라? 난 물 가까이 걸어갔고 망설임 없이 한 발을 내디뎠다. 중요한 건 뛰어들지 않았다. 그저 내디뎠다. 중요하다. 지면에 발을 내딛듯이 물을 밟았다. 어떠한 소리도 내지 않고 물속에 빨려 들어간 나는 눈을 떴다. 보글보글 물방울들이 수직으로 올라가는 모습이 보였다.

난 얌전히 올려다볼 뿐 허우적대지 않았다. 뿌옇게

또 생각이 난다

또 생각이 났다.
자주 돌이켜 생각해 보는 어떠한 장면이 있다. 겨우
걸어 다니고 안겨있는 게 포근했던 어느
나이에 나의 양팔을
가족들과 수영장에 놀러 갔다.
두르고있던 튜브 덕분에 고개를 내민 채 물
위에 떠 있을 수 있었다. 물놀이는 즐거웠다.
즐거웠던 이 부분은 중요하지 않다. 중요하지
않기에흐릿는 장면은 이제부터다.
엄마 아빠품에 짐을 챙기고 있었다. 바람을
빼기 위해 아빠는 내 팔에서 튜브를 떼어냈다.
언니는 어디 있었더라? 난 물 가까이 걸어갔고
망설임 없이 한 발을 내디뎠다. 중요한 건
뛰어들지않았다. 그저 내디뎠다. 중요하다.
발을 물위에 내딛듯이 물을 밟았다.
소리치지 않고 물속에 들어간 나의 떠한
반짝반짝 보글보글
올라가는모습이 보였다. 물방울들이 수직으로
난 엄청 울었다니 뿐 허우적대지 않았다. 부옇게

일렁이는 물결에 엄마 얼굴이 비친다. 두
팔이 들어와 날 물 밖으로 들어 올리자 숨이
쉬어진다. 매운 소독물이 기침을 일으켰다. 난
울지 않았다. 엄마는 울었다.

지금까지도 의아하다. 난 어떻게 그 많은 찰나의
시선들을 피해 물속에 도달했을까? 양팔에
튜브가 없다는 사실은 나도 알고 있었다.
그럼 왜 뛰어들었을까? 용기는 있지 않았기에
무섭지도 않았다. 모든 건 물 흐르듯이
움직여졌다.

난 여전히 수영하는 법을 모르고 잠수는 잘한다.

들어와

얼굴이

팔이

엄마 비친다. 두

일렁이는 물빛으로 물결에 등이 올리자 숨이 매운

소금물 냄새를 난 쉬어진다.

엄마를 잃었다. 잃으셨다. 울지 않았다.

지금까지도 난 어떻게 많은

시선들을 잊어버렸다는 위해 물속에 도망쳤을까? 양팔에 엄마의

류브가 없다는 사실은 나도 알고 있었다.

그럼 뭐가 두려웠을까?

뭐가 두려웠을까? 용기는

무섭지도 않았다.

있지 않았기에

움직여졌다. 간

모든 물

난 어쩌면 흐르듯이

모르고

수영하는 법을

잠수는

결심한다.

수많은 마음의 방

불규칙하게 순찰을 도는 나는 긴 복도를 걷는다.
내가 걷는 곳에만 조명이 따라 켜지고 지나온 길은
다시 어두워져 있다.
마주 보고 서 있는 문들은 끝없이 펼쳐져 있고
나의 양 허리에 꿰어져 있는 수많은 열쇠들은
늘어지다 못해 바닥에 끌린다. 이 방들은 감정의
방. 마음의 방. 사람의 방. 기억의 방. 가두기도
탈출하기도 하고
모든 열쇠는 나에게 있고 철저히 나의 선택으로만
방이 열린다. 오늘도 날뛰지 않는 방들이
흡족하다.

수많은
마음의 방

불규칙하게 도는
순찰을 나는 긴 복도를 걷는다.

내가 걷는 곳에만 조명이 따라 켜지고

길은

다시 어두워져 있다. 지나온

마주 보고 서 있는 끝없이 있고
펼쳐져
문들은
있는
나의 양 허리에 수많은 열쇠들은
피어져
늘어지다 못해 끌린다. 이 방들은
바닥에
감정의
마음의 방 기억의
방 [illegible] 가두기로
모든 방이 [illegible]
흡족해한다. 오늘도 문제가 없는 방들의 모습만

진심은 통하지 않는다

원천

본질을 생각할 것

나는 작은 행성 속의 별가루 하나

원천

생각할

행성

하나

불길을

별가루

작은

나는

것

속의

이야기의 시작

나에게 무릎을 꿇고 있는 사람이 있다.
그 순간,
바람이 역행한다.
계절이 멈춰 있다.
바다는 천장에 하늘은 내 발 아래 있다.
사람들은 날 무서워한다.
사람들은 날 찬양한다,
보이지 않는 것은 보이고, 보이는 것은 보이지
않는다.

난 고작 펜 하나를 들었을 뿐인데

이야기의 시작

나에게 무릎을 꿇고 있는 사람이 있다.

그 순간,
바람이 역행한다.

계절이 멈춰 있다.

바다는 천장에 하늘은 내 발 아래 있다.

사람들은 날 두려워한다.

사람들은 날 찬양한다.

보이지 않는 것은 보이고,
보이는 것은 보이지
않는다.

난 고작 펜 하나를 들었을
뿐인데

남의 집

이 지구가 내 고향이 아니라고 생각되니
모든 선택은 쉬워졌다.

남의 집

이 지구가

모든

로

고향이

아니라고

생각되니

선택은

쉬워졌다.

독서노트

"성찰은 날 우울하게 하고 몽상은 편안하게 한다"라는 루소의 말을 기준 삼아 생각해보니, 성찰 없이는 몽상에 도달할 수 없고 몽상에서 성찰로 빠지는 길은 가짜 몽상이다. 혼자 있어보면 느낀다. 자연스레 시간이라는 기차가 성찰에서 몽상하는 법을 알려준다는 걸. 몽상이 이렇게나 즐거운 일일 줄이야.

독서노트

"성찰은 늘 우울하게 하고
몽상은 편안하게
한다"라는 말을 기준 삼아
루소의
생각해보니.

성찰 없이는 몽상에
도달할 수 없고
몽상에서 성찰로
빠지는 길은 가짜
몽상이다.
혼자 있어보면

성찰에서
시간이라는
자연스레
가짜가
느낀다.

몽상하는 법을 알려준다는
걸. 몽상이 이렇게나 즐거운 일일 줄이야.

명상록 1장

아빠는 나에게 자연을 사랑하는 법과 배움을 게을리
하지 않는 것, 버스비를 내지 못하는 사람을
만났을 땐 버스비를 내어줄 것, 그리고 다정한
시선이 무엇인지 알려주었다.

엄마는 나에게 강인함을 주었다. 도전과 승부욕을.
연습의 힘을 보여주었고 보답은 두 배로 해야
한다는 현명함을 심어주었다.

언니는 나에게 존재해야만 하는 이유를 알려주었다.

나의 두 눈은 타인들의 모습을 찍어내고 다른
사람들의 생각을 훔쳐 삼켜버리는 글자들을
품고 다닌다.

지금 나를 구성하고 있는 건 무엇인가 생각한다.

그럼 나는? 모든 것의 영향으로 구성된 나는.
본래의 나는? 나의 것이 있기는 한 건가.

보여주었고 자연을 사랑하는

것.

1장 못하는

나에게 사랑하는

법과

예쁘는 않는 법과 배움을

이 버스비를 사람을 겨울의

것. 그럼에도

내지 알려주었다.

만났을 내어줄 버스비를

무엇일지 승부욕을

나에게 힘을 도전과

주었다. 두 해야

배로

힘을 나왔다는 현명함을

이유를 보답은

연습의 언니는 심어주었다 용기를

존재해야만

알려주었다. 나는

찍어내고

두 눈은 다른

게 타인을 위해 사람들의 생각을 심어

버리는 감사들을 타인들의

품고 다닌다.

나의

지금 나를 구성했던 건

생각한다.

그럼 나는? 모든 모습을

것의

무엇인가

때의 나는?

있기는 한

것이

영향으로 구성된 건가.

암묵적 약속

나의 두 발을 지면으로 끌어당기는 건 중력이 아니다.
내가 땅 위에 서 있는 이유는 누군가 때문인데.
모두는 누군가와 암묵적으로 약속된 책임을 지기
위해 떠나지 않는다.
누군가를 걱정하던 어떤 이에게 난 말하지.
내가 여기에 살아 있는 한 절대 그 누군가는 날 두고
떠날 리가 없어. 확신한다.

약속

나의 암흑정면으로

두발을

내가 위에 서 있는 건

중력은

몸 들어올리는 누군가

암흑의 우주로

모든 [illegible] 않는 나 때문인데. 지기

[illegible]

누구의 [illegible] 더 어렵게 하는 [illegible] 때문에 말하지.

[illegible]

내가 여기에 [illegible] 두근

많이.

[illegible] 확신한다.

공감학습의 실패

너무 행복하다고 한다. 너무 즐겁다고. 지나가지
않았으면 좋겠다고.
가슴에 손을 얹고 고백하건대 부럽지 않았다. 맹세코
질투 나지 않았단 말이지. 근데 이해할 수 없는
이 감정을 공감조차 못하고, 말을 이어나가지
못하는, 흔히 고개를 끄덕이는 그 쉬운
움직임조차 해내지 못한 내가.
혹시라도 그 서투름이 시기로 내비쳐 보였을까
걱정이다.
지나가지 않았으면 하는 행복이라. 마침표를 찍는 이
시간도 지나갔는데

한다.

고. 행복하다고 너무
니가지
감학습의 않았으면
멍새롭음에
이해할
수 손을 이 너무
이아니가지
하는. 흔히 감정이
나지
처 보았을까
다. 움직임조차 시간도
필요하건대라는 그
않았으면
즐겁다고. 시간도
부럽지
암조차 필요이지. 는데
못하고. 없는
해내지 못하는
하였을
감정이다. 이

나갔는데

츄파춥스

대가리가 커진 만큼 몸집을 키우면
그저 큰 사람이 되는 것인가
알맞은 대가리와 알맞은 몸집의 크기를 계산해
　　봐야겠어

슈퍼흡스

대가리가 커질만큼 몸집을 키우면
그저 큰 사람이 되는 것인가
알맞은 대가리와 알맞은 몸집의 크기를 계산해
봐야겠어

현실

찢어지는 아기의 울음소리가 들렸다.

눈을 뜨자 끝 음은 이명소리로 바뀌었다.

꿈인가

현실

찢어지는 울음소리가

눈을 아기들은 버려졌다.

이명소리로

들렸다.

뜨자 끝

꿈인가

내 손을 떠난 모든 것

Tomy

북극곰 모양의 유아 변기

햄스터

강아지

비어 있는 컵 속의 물

9월

왜 이렇게 이상한가 했더니

9월이구나

그때 나의 9월처럼

올해 너의 9월이 흘러갔으면 좋겠다

딱 그만큼의 반이어도 넌 버티지 못할 텐데

9월

왜

9월이구나

9월처럼

이상한가
흘러갔으면 좋겠는데 [illegible]
[illegible] 에게로
넌 비밀처럼 [illegible] 될텐데
나의

향의 조화

배려한답시고 화장실에서 나와 나를 안아주는 그 사람에게서는 민트 향이 가득하면서도 내가 가장 좋아하는 향수 향으로 겉돌았으며, 그 작은 틈새로 덮어도 흘러나오는 담배 향이 무척이나 좋았다.

향의 조화

배려한답시고 화장실에서 나와 나를 안아주는 그
사람에게서는 민트 향이 가득하면서도 내가
가장 좋아하는 향수 향으로 걸롤었으며, 그 작은
틈새틈이로 흘러나오는 담배 향이 무척이나
좋았다.

일관성

내가 말을 하지 않는 이유는

나의 말은 일관성이 없기 때문에

일관성이 있을 필요가 없기 때문에

의 명확성이 많은 있음 때문에 없기 때문에 필요가
명확성이
않는이유는 없기
부가
하지
명확성

진득진득

암만 밀어봐라 밀리나
정떨어지게 할수록 그럼 난 더욱 사랑하지
싫어하게끔 범벅여도 그만큼 난 사랑해주지
암만 나를 괴롭혀봐 결국 난 죽어버릴 테니까

진득진득

암만 밀어봐라
밀리나

정떨어지게
할수록
난 더욱

사랑하지

그럼

암만 나를 괴롭혀봐라 난 웃어버릴 테니까
싫어하게끔 그만큼 난 사랑해주지

메모

오늘은 꿈을 꾸었다. 기억이 나질 않는다.

내가 결혼을 했었나. 눈을 뜨니 오후 1시인 건 변함이 없다.

서점에서 『팡세』를 사 들고 오는 운전길에 기분 나쁜 불쾌감이 느껴졌다.

아는 것이 하나도 없다는 불안함과 멍청함이 지배하자

한순간에 방향을 잃어버렸다.

근데 처음부터 방향성이 없었다면

그럼 왜 나아가야 하는가 의문이다.

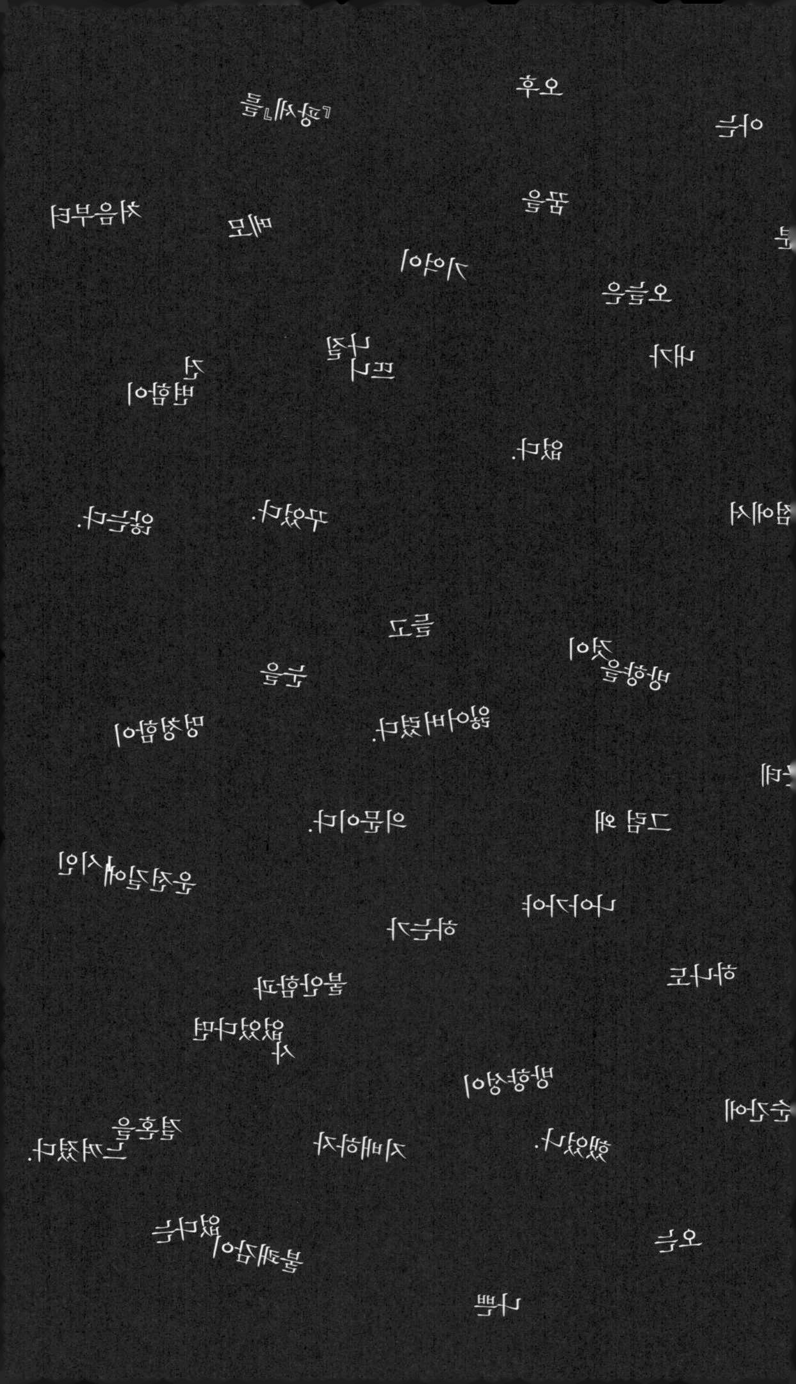

오후
아는
꿈을
처음부터
메모
기억이
오늘은
내가
변함이
없다.
꾸었다.
않는다.
듣고
눈을
방향을
것이
잃어버렸다.
그럼 왜
의문이다.
나아가야
하는가
하나도
불안함과
없었다면
방향성이
순간에
결혼을
느껴졌다.
지배하자
했었나.
불쾌감이 없다는
오는
나쁜

꽉찬 말

빈말로 쓴 단어는 하나도 없고 진심이 안 담긴
문장조차 없어

말 확신

담긴 안 하나도 비밀로

수

없고 단어는 문장조차

진심이 없어

포춘쿠키

책을 오만 원 이상 샀기에 포춘쿠키를 얻었다.

반으로 쪼갠 그 속에는

〈위기의 상황에서도 굴하지 않고 용기 내어 나아가는 당신, 목표한 것은 포기하지 않고 끝까지 완수해 내는 끈기와 의지가 있군요. 빛나는 성과를 얻게 될 것입니다.〉

인간의 증거

기대하지 않은 일에도 실망을

실망한 일에 더한 실망을

나 자신이 부끄러워지는 순간

그럼에도 여전히 놀라운 사실은

아직도 내가 감동받는 인간이라니

인간의

증거

기대와 욕망은 일에도

실망함에 더 절망을 실망을

나 자신이

부끄러워지는 순간

그럼에도 여전히 놀라운

아직도 내가 사실은

감동받는인간이라니

과연

해답을 찾은 밤

파연

해답을 찾은 밤

곤두서 있는 유연함

움켜쥔 숟가락

오래된 관계가 가장 끈끈하다고 하지만 이보다
허술하기 짝이 없는 게 바로 이런 관계들이다.
그래서 난 오래된 관계를 부수는 걸 좋아한다.
이는 느슨한 탄력감과 편안한 긴장감을 주고
무엇보다 견고하게 서 있을 수밖에 없는 잔인한
환경을 만들어준다.

무엇보다 단단하게 만들어준다.

위로하기 난

그래서

하얀 덩어리

가끔 구름을 보면 꼭 물 위에 떠 있는 기름 덩어리
　　같다.

하얀덩어리

가끔 구름뭉면 꼭 같다.

물 위에 떴는 기름덩어리

보호막

그 날카로운 말들을 가득 안고 있던 너의 마음이 더
　　격정돼.
난 생각보다 강한 사람이니까.
난 생각보다 무딘 사람이니까.
이 시간만 견뎌내면 넌 다시 편안해질 테니까.
뱉어낸 너의 모든 말들을 내가 삼킬 테니
넌 나의 모든 행운을 가져가길 바라.

날카로운

그

말들을

가득 안고

있던

너의 마음이

더

걱정돼.

보호막

시간만

난

생각보다

이

편안해질

괜찮아질

네 이번

너의

넌

너의 모든

무던

내가

모든 말들을

행운을

사람이니까.

가져가길

다시

삶을

바라.

생각보다

테니

강한

테니까.

난

사람이니까.

더

넌

난시

빗방울들이 가득 맺혀
창문을 통해 보이는 저 흐릿한 풍경이 좋아.
빗방울들이 가득 맺혀
번져 보이는 자동차들의 헤드라이트가 좋아.
빗방울들이 가득 맺혀
서로를 품고 굴러떨어지는 물방울이 좋아.
빗방울들로 얼룩진 세상이 통쾌해.
다들 흐려봐라 얼마나 버티는지 구경하자.

피아노 연습

피아노 의자 위에 엄마 엉덩이 엄마 무릎 위에 내
엉덩이
피아노 건반 위에 엄마 손 그 위에 나의 손
엄마의 손가락이 움직이는 대로 음악이 나왔고
마치 그 위에 얹어진 나의 손에서도 음이 나오는
착각을 불러일으켰다.

피아노 연습

피아노 의자 위에 엄마 엄마무릎

피아노 엉덩이 위에 엉덩이 위에 위에 그

나의 손 나왔고

피아노건반 엄마 움직이는 그 나의

대로 음악이

엄마의 손가락이 손에서도 음이 나오는

그 [illegible]

마치 위에 착각을

추

마음이 저기 위에 떠 있길래 보다 못한 나는
떠 있는 마음에 추를 달았다.
밑으로 조용히 가라앉자 모든 건 조용해졌다.

춤

마음이 위에 있길래 못한

저기

나는

보다

때

때 있는 마음에 털었다.

추를

밑으로 조용히 가라앉자 모든 건 조용해졌다.

한 사람

그를 설명하자면 사과할 줄 아는 사람이다. 언제든
나를 넘어가게 웃게 할 수 있는 재치를
가졌고 손발이 찬 나를 위해 자다가도 일어나
드라이기로 데워주었다. 드라이브 길에 선곡을
맡겨도 될 만큼 음악 취향의 두터운 믿음이
있던 우리 둘은 기름 냄새가 코를 찌르는
주유소에서조차 자주 춤을 추었다.
그를 설명하자면 허술한 거짓말이 잦은 사람이고
술의 힘을 자주 필요로 했다. 여러 갈래로
분산되어 있는 정신력은 조금의 책임도
버거워했다. 용서는 그를 위한 단어라고 해도
과장한 것이 아니다.

이 사람을 용서하는 건 세상에서 가장 쉬운 일이었다.

설명하자면 나를 걸레로

사람 위해

한 웃게

몸 자다가도

가끔 사과할 줄 아는

그를 언제든

나를 할 수 새치를 길에

가졌고

달아나기로 일어나

사람입니다. 한 선곡을

드라이브

손발이 믿음이

말기로 음악

있는 모를 넘어가게

있던

춤을

그를

사람이고

취향의

설명하자면 거짓말이

우리 춤을 했음도 열림도

내게서

해도 그를 비기위했다.

자주

것이 정신력은 조금의

자주 가장 일이었다.

사람을 건

용서는 이 용서해줘야 주었다.

울은 취합니다.

세상에서

단어라고 주유소에서조차

갖은

추었다 부터와

했다. 위한 하중한

과장한

써드는

시승

얹혀지는 탑승

감정의 방향이 미세하게 자리가 잡히면 탑승시켜
버린다. 감정의 탑승에 두려움을 느껴서는 안
된다. 얹어진 감정은 이제 미끄러지듯이 달리고
어떤 방해도 주지 않는다. 안정감을 느낀다.
그 감정은 어디까지 갈 수 있는지 방관한다.
손톱까지 가는 경우도 있다. 수만 번의 탑승으로
감정의 거리를 알게 되고, 한번 탄 감정은
멈추는 법이 없고 순수하기에 내버려둔다.

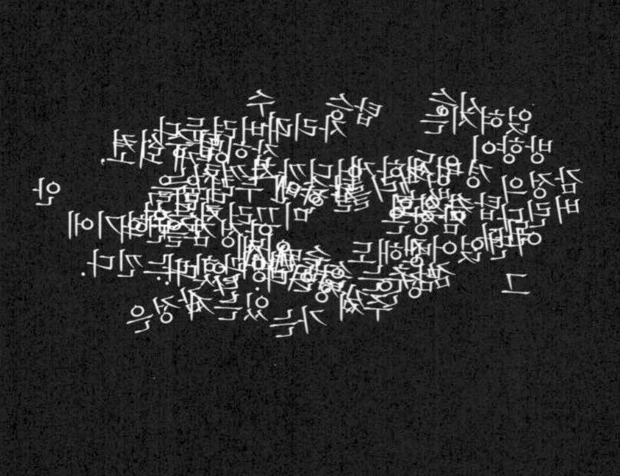

파란 펜

난 지금 내가 무얼 하고 있는지 명확하게 알고 있다.
그렇지만 이리도 산만한 마음을 가져본 적도
없으며, 무엇보다 산만한 마음을 가다듬고
싶지도 않다. 얼마나 두고 봐야 할지도
모르겠다. 두 가지가 넘는 일들이 늘 동시에
떠오르고 통제권을 잃는 나는 지켜만 보고 있다.
나의 아이스크림을 빼앗아 먹고 있는 언니를
가만히 바라보고 있는 것보다도 더 멍청한
모습이다.

파란색이다. 파란 펜을 들었다는 건, 나에게는 한계에
다다랐다는 의미이다.

파란

펜

난 내가

지금 무얼 하고

명확하게

그렇지만 이리로 선명한 있는지 마음을 알고 가끔 봄

없으며, 무엇보다 마음을 있다.

싶지도 얼마나 선명한 빠빠 할지도

않다. 두고

모르겠다. 남는 일들이 잘도 됐지도

떠오를 세상을

보잖다듬고 동시에

두 가지가

나의 이스크림을 했다.

내부로부터

가만히 바라보고 있는 빼앗아

지키던 있는

모습이 빼앗 것보다도 명확한

펜을 건,

파란색이 나타났을 때 들었다는 언니를

의미이다. 나에게는

한 세계에

너의 가치

너를 자꾸만 떠올리는 건 절대 사랑해서가 아니야.
미워할 사람이 없다는 건 내 삶을 꽤나 지루하게
만들기에
넌 그 사이를 대신해야만 해.
시간을 죽이는 것보다 가치 있다는 거지.
가치 있는 너의 존재를 난 자주 떠올려.

도화지 속의 두더지

흔적의 시선.

나의 시선으로도 흔적이 남을까 눈으로 길을 따라
그려보니 거대한 그림을 보았다.

두더지

도화지 속의

흑점이

따라

눈으로

시선.

시선으로도

흑점의

보았다.

길을

남을까

그려보니

그림을

너의

거대한

점 하나

춤을 출 적에 아무리 몸을 써도 표현이 담기지 않을 때, 내 마음이 너무 커서 몸이 감당하기가 힘들 때, 몸을 크게 비틀고 움직여도 전달이 턱 없이 모자를 때. 감정이 손끝 발끝으로도 넘쳐나서 저려올 때, 이 몸뚱어리가 한없이 작다고 느껴질 때, 바닥에 이마를 맞대고 웅크렸다.

샘물

흉내 내는 건 없어 모든 원천은 나야 마르지 않는
　　샘물이 아니라
멈추지 않는 샘물 파생되는 모든 건 이 안에

샘물

모든

원천은 나야

마르지

없이

않는

솟

는

샘물이 아니라

솟

않는

흐르

모든

샘물에

이

파생되는

멈추지

좋은 인용이란 무엇일까?

글 속의 좋은 인용. 주인공의 심정을 빗대어 표현하기 위한 유명 소설의 다른 주인공. 그조차도 읽지 않는다면 무용지물. 글의 입증을 위해 비슷한 구절의 복사.

삶 속의 인용.

좋은

인용이란

무엇일까?

글 속의 좋은 인용 주인공의 심정을 빗대어

표현하기

위한 유명 소설따름

주인공. 그조차도

읽지

않는다면 무용지물. 위해

글의 입증을

복사. 비슷한

삶 구절의

속의

인용.

조용히 바라보자

물은 검은색을 띠었다.
난 가만히 내려다볼 뿐이었다. 누군가 부르는 소리에
쭈그려 앉았다. 우리를 가로막고 있는 어떠한
장치도 없었다.
뛰어들 생각이 없었기에 장치는 처음부터 중요한 게
아니었다. 별의별 것들이 함께 떠다녔음에도
깨끗해 보였다.

난 물속에서도 숨을 쉴 수 있을 것 같다. 아가미가
생긴다면 더 좋고

손만 담가 볼까 뻗어봤지만, 한참이 모자라 포기했다.
이때 누가 날 밀려나 주위를 살폈지만 사람은 없었다.
그리고 나보다 남들을 경계한 내가 웃겨서
한참을 웃었다.

조용히 바라보자

물은 떠있다.

검은색을

난 가만히 내려다볼 누그러드는 소리에

뿐이었다.

쭈그려 우리를 어떠한

가로막고

앉았다.

장치도

있는

없었다.

뭐어를 처음부터 게

없었기에

중요한

장치는

생각이

아니었다. 별의별

난 깨끗해져있었다. 것들 갈라졌음에도

물속에서 숨을 것들이 함께

수 것

생긴다면 있을 이야기가

좋고

순간 볼 수 한참이

남기 몰래 그렇게 웃었다. 사람이

홍당무

허파가 터질 만큼 들이쉰 숨을 내뱉지도 않고
나눠주고 싶지도 않은 못된 마음을 품어 가득
머금고 있느라 그 사람 앞에서 난 한마디도,
숨도 쉬지 않았다.
심술궂은
빨개진 내 얼굴을 수줍었다 착각할까 봐 걱정이다.

수줍었다 들이쉰

웃고 싶지도

내뱉지도 허파가

않은

품어 가득 만큼 꽃잎 터질

봐 않았다.

자랑이다.

할머니도,

있느라 숨도

착각할까

빨개진

숨을 마음을 앞에서

나

쉬지

내

내쉬주고 사람 홍당무

얼굴을

심술꽃은 나 머금고

Qed

마침내

마침내

끝이 나는 마지막 말의 마침내.

또는

끝없이 이어지는 말의 마침내.

마침내,

부록

파타 육아일기

18개월 보름째 아가 파타

"물 이리와."

파타가 온종일 외쳐대는 주요 대사다.

둘째로 태어난 탓에 첫째가 사용하던 것을 많이 물려받았다.

파타는 언니와 함께 어우러져 뒹굴고 놀면서 첫째가 부모로부터 배운 모방 학습을 언니에게 직접 배우게 된다. 그래서 언어의 습득 속도뿐 아니라 몸놀림, 춤추며 걸어 다니는 것까지도 빠르게 안정적이다. 세 사람 틈에서 지내는 것보다는 네 명의 가족 구성원 속에서 자라는 과정이 분명 아기에게 더 많은 성취 욕구를 유발시키리라.

많은 사람이 파타를 보면 엄마를 그대로 쏙 빼어
닮았다고 한다.
예외가 없이 파타를 안고 예뻐한다.
때때로 언니와 티격태격하는 것도 볼 수 있다.
그러나 그것도 잠시, 곧 돌아서서 아빠나 엄마에게
돌아와버린다.

첫째가 둘째를 데리고 노는 것이 제법 자매의 정을 볼 수
있어 흐뭇하다.
파타가 손 빠는 버릇은 여전.
아직 심하게 부작용의 징후가 나타나지 않아서 그대로
두고 있다.
그러나 엄지손가락에 조금이라도 변형되는 것이
발견되면 조치를 취해야 할 것 같다.

한 손을 입에, 다른 한 손은 귀를 만지는 파타의 모습을
언제 어디서든 볼 수 있다. 만지작거리던 귓불이
따뜻해지면 양손을 바꾸어서 빨고 만지고.

108개월 완전한 선물

"엄마, 아빠, 저거 장난감이야?"
작은 놀이터에서 뛰놀던 두 딸이 한목소리로 외친다.
손가락 끝이 가리키는 곳으로 시선을 돌렸다.
가로등 불빛을 받은 나무 의자 위 하얀색 플라스틱
봉투가 크게 보였다.

"다른 사람 물건이니까 손대지 마." 엄마의 가르침이다.
아이 둘은 이리저리 뛰어다니면서 또 그 근처를
지나치게 되고 봉투 안을 들여다본다. 거의 한
시간이 지나도록 그 자리에 아무도 다가가지
않았기 때문이다.

“엄마 아쿠아리움이야.” 물고기를 키우는 어항이라고 알려준다. 지나가는 말로만 들었을 뿐 아내와 나는 우리들 얘기에 집중했다.

“알았어, 손대지 마라.”
밤 기온이 올라갈수록 놀이터에 모여드는 주민들이 많아지는 것 같다. 두 딸은 이제 철봉을 잡고 빙글빙글 돌면서 놀고 있다. 눈 안에 두려고 우리는 아이들 근처로 옮겨 앉았다.

아내가 자판기 커피를 가지러 잠시 떠난 사이에 큰 아이는 비닐봉투 옆에 앉은 나에게 다가왔다. 어항이 들어 있다는 봉지를 살며시 열어본다. “아빠 여기 편지가 있는데?” 큰 딸이 편지라고 알려준 종이를 꺼내 읽었다.

〈잘 키워주세요. 부탁합니다〉 이제 적극적으로 봉투를 풀어헤치고 그 안의 것을 찾았다.
“햄스터다! 여기 모이도 있어.”
작은 편지봉투에는 또 이렇게 적혀 있었다. 〈많이 주지

마세요. 햄스터 모이〉

그 틈에 막내는 엄마에게 상황을 알리려고 달려갔다. 막내가 다시 우리 자리로 온 뒤에, 두 딸에게 물었다.

"어떻게 하면 좋을까?"

"집에 가져가고 싶은데… 엄마가…" 첫째는 엄마의 뜻을 마지막으로 알고 싶어 한다. 막내가 그사이에 또 쏜살같이 엄마의 동의를 구하러 달려간다. 아이들은 엄마가 어떤 생각을 할지 알아챈 듯하다. 작은 동물이지만 냄새와 병 그리고 관리를 하려면 드는 정성을 염려할 것이 분명하다.

되돌아오는 막내딸이 이제는 걸어서 온다. 힘이 없다. 엄마의 최종 허락을 받지 못한 상황에서 큰딸이 갈등하는 모습이 눈에 크게 들어왔다.

이 분위기를 견디지 못하고 내가 물었다.

"너희들이 잘 키울 수 있겠어?"

"아빠! 여기다 놔두면 어차피 죽을 텐데."

짧은 대화 후에 "그럼 들고 가자!"고 하면서 내가 흰
봉지를 거머쥐었다. 엄마가 포기한 듯 뒤따라오고
우리들이 앞서서 들어가는 중에, 나에게는 왜 이
작은 동물이 그 시간에 그 자리에 있었는지 몹시
궁금해졌다.

언젠가 오거리 은행 앞에서 작은 토끼를 팔던 것을
보았다. 귀여워서 한참을 붙박이로 멈추어
구경하던 우리들이었다. 그때 막내가 사자고
졸랐고, 우리는 그 상황을 피하려고 '다음에'라고
답을 했고, '다음에'라는 말을 자기 생일로 못
박았던 막내의 말이 기억난다.
"다음 내 생일 때 사자 응?"

그날이 둘째의 생일이었다.
아침 식사를 생일 케이크로 대신하면서 아홉 개의 촛불을
밝혔다.
이렇다 할 선물을 준비하지 못한 처지였다.

"카리! 파타! 아빠는 하나님이 여기 가져다 놓은 것 같다.

파타 생일 선물로."

그날. 잠시 말수가 적었던 아내가 닷새가 지난 지금은,

"나무를 갈아줘야겠다."

"집을 넓게 해줘야 된다."

"빙글빙글 돌아가는 바퀴를 사서 운동을 시켜야 된다"며

햄스터 편이 돼 제일 말이 많아졌다.

어두운 하늘.

나뭇가지가 흔들리는데도 후덥지근하다고 느껴지더니

차차로 시원함이 느껴진다. 버려진 동물을

선물로 안고 들어온 그날. 늦은 저녁에는 폭우가

쏟아졌었다.'우리가 들고 오지 않았더라면…'

장난감도 아니고,

어항도 아니고,

햄스터도 아닌

지금 우리 집에는 두 마리 마우스가 세 여자와 함께

신나게 놀고 있다.

저녁 9시 무렵이면, 둘째는 시들해지기 시작한다.
싱싱하던 채소가 잠시잠깐의 햇볕에 힘을 잃어가듯.
10시 즈음이면 거의 어김없이 잠자리에 누워서
'벤지 이야기'를 주문한다.

"벤지 이야기"
원래의 이름은 "Bejamin & Bluemchen"이다.
벤저민을 줄여서 '벤지'라고 부르고 그의 여자
친구 이름을 그렇게 불렀다. '블룸센'이라고.
독일어 Blumen(꽃)에 접미사를 붙였다.
마치 Madam(부인)에 chen을 붙여서
Mädchen(소녀)으로 바뀌는 것처럼.

벤지는 외계에서 지구를 찾아온 외계인이다.

나는 2003년도에 살던 도시 연방 도서관에서 400여 페이지에 달하는 "로즈웰 사건"의 전말을 도큐먼트식으로 쓴 책을 읽은 적이 있다. 풍부한 사실적인 자료를 근거로 사건의 목격자들과 직접 인터뷰를 거친 자료 모음집이었다. 이야기의 객관적인 묘사는 이 책에서 유래한다. 그리고 『백년보다 긴 하루』라는 책을 읽고 여기서 상상력을 더했고.

사실, 카리와 파타에게 잠자리에서 이야기를 해준 것은 그들이 얘기를 들을 수 있었던 2~3살 때부터인 듯하다. 왼쪽과 오른쪽에 누워서 아빠의 이야기를 듣기도 하고, 테이프를 듣고 잠을 자기도 하던 두 아이들.

되돌아보면 1년 중 300회 이상의 스토리텔링이 이어졌던 것 같다.

몇 해 전부터, 큰 아이는 혼자 음악을 듣고 잠을 자는 경우가 많아 곁에 없지만, 파타는 중학생이 되어서도 여전히 나로부터 이야기를 먹고 잠자리에 든다.

그런데 요즘, 벤지 이야기의 소재 찾기가 어렵다. 외계에서 온 벤지가 지구상에서 할 수 있는 온갖 체험을 다 했기 때문이다.

벤지는 1미터 20센티미터의 키.

300살 되는 나이.

깊은 산 뒤에, 타고 온 UFO를 숨겨놓고, 얇은 회색의 특수 코팅된 옷을 입고 있다. 콧등이 없고 손가락은 세 개, 동물과 사람의 언어를 본능적으로 이해하는 초능력을 지니고 있기도 하다. 그의 나라는 식물이 없고 온갖 기계적인 장치로 되어 있기 때문에, 지구를 방문한 그의 목적은 자기 나라에 옮겨 심을 만한 식물을 찾는 것이다. 그의 약점은 수영을 못한다는 것, 최근에 자전거 타기를 배웠다.

이러한 배경을 갖고 있는 벤지 이야기가 거의 40화를 맞고 있다.

한국 동화책의 모든 줄거리와 디즈니 이야기 그리고

라퐁텐 우화, 그림형제가 쓴 이야기들이 각색되어
서로 뒤죽박죽으로 만들어졌던 이야기들.

애청자는 두 명에서 단 한 명으로 줄었다.
말하는 사람이 하루의 일과에 지쳐 횡설수설하다 먼저
잠에 들거나, 듣는 사람이 5분도 안 돼 귀를 닫는
경우가 태반이지만,
다음 날에는 서로 “어젯밤 어디까지 얘기했더라?” 상의해
가며 벤지 이야기를 만들어간다.

“파타야, 오늘 이야기는 벤지가 아프리카로 간 이야기다.
벤지가 타고 온 우주선이 미국까지 5분 걸리는데,
아프리카 케냐까지 8분이 걸렸다. 어디에
우주선을 착륙시킬까? 생각하다가 킬리만자로를
지나가는데…” 오랜만에 이야기를 지어간다.

유치하지만 열심히 들어주는 딸이 고맙다. 벤지와 벤지의
여자 친구 블룸센이 케냐에서 아프리카 사람을
만났고, 그들과 맞닥뜨린 장면을 묘사하는데, 손에
쥐어진 딸의 힘이 풀린다.

숨이 고르다.

어느 사이 잠이 들었다.

가만히 얇은 이불을 걷고, 곁에서 얘기를 함께 듣고 있던 강아지를 내려놓은 후 내 방으로 돌아왔다.

강아지도 이 아이의 침대 밑, 자기 자리에 엎드려 있다.

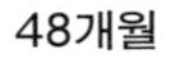

자전거 배우기

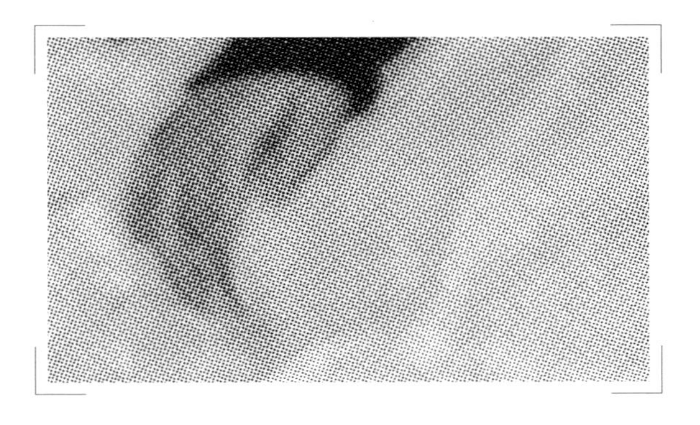

하늘이 맑다.
손을 내밀어본다.
바람이 차다.

아래를 내려다보았다. 주차장이 텅 비었다.
아직 기울지 않은 해가 사면으로 둘러진 마당에
네모반듯한 볕을 놓았다.

토요일 한나절.
오늘은 큰 아이의 자전거를 작은 아이에게 건네주기로 한
날이다.
아침에 'Rad&Tat'이라는 가까운 자전거 판매 가게에

갔었다.
두 개의 자그마한 Ventil(밸브)을 샀다.
큰 아이의 자전거 바람 주입 부분에 작은 결함을 발견했기 때문이다.

이제 작은 아이 차례다.
안장을 한 뼘 정도 낮추었다.
핸들 높이도 다시 조절했다.
네 살짜리 파타가 처음으로 두발자전거에 올라앉았다.

"아빠, 절대로 손 놓지 마."
"그래, 넌 앞만 보고 발에 힘을 주어봐. 넘어지려고 하면 이렇게 핸들을 돌리고."

난 오른손을 안장 밑에 넣고 잡을 만한 곳을 찾았다.
큰 아이 카리가 자전거 타는 것을 도와줄 때 노하우를 터득했다.
자전거와 사람이 함께 어울릴 때, 이 물체의 무게중심이 바로 안장 밑이라는 것을.
이곳을 잡으면 흔들리는 자전거를 바로 세우는데 가장

효과적이다.
그리고 왼손은 비상시에 핸들을 움켜쥐도록 준비를 하고.

서너 바퀴를 돌고 나서야 파타가 제법 핸들을 움직이는데 익숙해진 것을 알았다.
조금 경사진 곳을 지날 때 살짝이 오른손을 뗐다.
정말로 사알짝이다. 눈 깜짝할 정도.
그사이에 4~5미터는 혼자서 갔다.
그리고 곧바로 비틀거린다.
얼른 떼었던 손을 안장 밑에 다시 넣고 바로 세웠다.

"아빠, 손 놓지 말라니까!"
볼멘소리다. 얼굴이 볼그레하게 상기돼 있다.
나를 쳐다보는 눈빛이 잔뜩 겁에 질려 있었다.
"아빠 여기 있잖아. 넘어지려고 하면 이렇게 금방 잡아 주는데."
난 미안해서 작은 소리로 다독거렸다.
'네가 내 손안에 있는데 뭐가 두렵니?'
이 말은 내뱉지 못하고 속으로 삼켰다.
둘째 아이 파타는 아빠가 찰떡처럼 자기 뒤에 붙어 있을 것이라고 철석같이 믿고 있었으리라.

'네가 내 손안에 있는데…' 난 연신 중얼거렸다.

네 살짜리 둘째 딸아이의 겁에 질린 눈빛 속에서,
아빠에 대한 절대적인 신뢰를 본다.
그 안에서 마음껏 화를 낼 수 있는 둘 사이의 절대적인 관계.

이 어린아이가 모든 것을 아빠에게 내어 맡기고 자전거를 타고 가는 길.
난 모든 것을 책임지겠다고 그 아이를 붙들어 잡는다.

000개월 막대사탕 하나

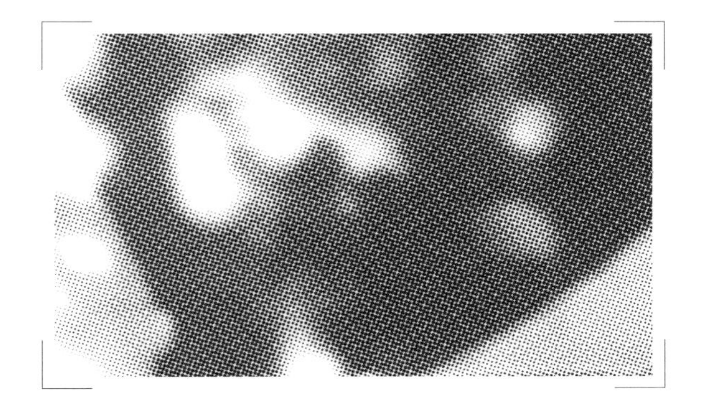

두 아이의 상급학교 진학이 우리 집에 변화를 준 것은
아침 분주함이 30분 정도 앞당겨진 것뿐. 오늘도
여느 때처럼 7시 15분 차가 출발을 했다.
동네 빵집 앞에 차를 세우고, 샌드위치 네 개가 들어 있는
것을 샀다. 종이팩에 들어 있는 사과주스를 마시며,
30분에 친구들을 만나기로 했다고 서두르자고
한다.
둘째 파타가 말하는 약속 장소는, 자동차로 채 2분도 안
걸리는 코앞에 있는 버스 정류장이다.

때때로 같은 장소에서 두 아이가 각자의 목적지대로
버스를 타고 등교를 하곤 한다. 집에서 나올

때부터 츄파춥스 막대사탕 몇 개를 꼭 쥐고
있던 둘째가 서둘러 내렸다. 창문도 안 올리고
뒤돌아봄도 없이…
그리고 큰 아이가 귀에 이어폰을 꽂은 채 소리 없이
내렸다.

옆자리를 둘러보니 사탕 한 개가 덩그러니 있다.
'항상 친구 세 명이 모여서 버스를 타던데, 하나를
빼놓았으니 두 개를 쥐고 있으면 곤란하겠는데.'
딸의 난처함을 그려보니 맘이 불편했다.

버스 승강장 빈자리로 차를 정차하고 열린 창으로 둘째를
불렀다.
남아 있던 막대사탕을 흔들며 가져가라고 거듭 이름을
부르는데, 친구들과 수다를 나누느라 못 듣는다.
첫째가 아빠의 목소리를 먼저 들었다.
그리고 창문 사이로 내비친 사탕을 얼른 낚아채 갔다.
그것을 나중에 파타가 보았다.

요즘 동생을 괴롭히는 장난기가 심하다고 생각하는데,

밖에서도 그렇다.
하는 수 없이 그 둘만의 관계를 포기하고 내 길을 나섰다.

…

조금 늦은 저녁 시간.
네 명이 모두 모였다.
"파타야 아침에 친구들까지 세 명인데 사탕 두 개만 들고 어떻게 했어?"
매우 곤란했을 것 같은 상황이 궁금해서 물었다.

"아빠 내가 원래 네 개를 갖고 나왔어. 어떻게 될지 몰라서 한 개를 더 들고 나왔거든. 하나 놓친 것을 알고 있었어, 그래서 세 개 꼭 맞았지!"
그렇구나!
하나의 여분을 계산하고 준비하는 파타의 생각을 내가 헤아리지 못했다.
"나는 하나가 부족하면 어떻게 하나, 걱정했거든."

아이들의 생각은 어른들을 넘는다. 그것도 자주. 특히
우리 집에서는.

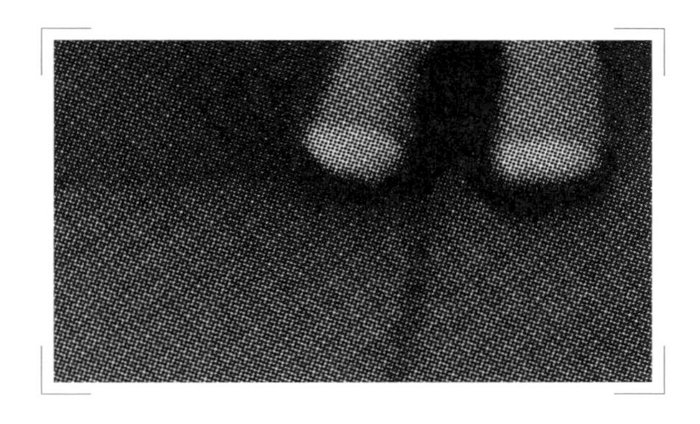

몇 년 전부터 상례로 치러지는 〈비밀투표〉를 하기로
했다.
*〈안건 : 저녁 식사 후 간식으로 가게에서 무엇을 사 올
것인가?〉*

카리가 3학년 때 학교에서 투표에 관한 내용을 배우고 난
후, 우리 집에서는 가족 네 명의 의사를 결정하는
방법으로 자주 사용하는 절차이다. 예를 들어,
밖으로 식사를 하러 갈 때 어떤 레스토랑을 선택할
것인지?
산책할 때 어느 방향을 택할 것인지?
카리와 파타가 때때로 눈짓을 주고받으며 공모를 하기도

하지만, 큰 무리 없이 다수의 결정에 따른다.

파타가 프린터에 있던 A4 한 장을 4등분으로 자른다.
필기도구 하나씩도 각자에게 주어진다.
서로 보이지 않게 희망사항을 적고 두 번 접어서
큰딸에게 제출한다.
즉시 개봉을 한다. 그리고 낭독하면서 기록한다.

Brot(빵) : 1표
초코파이 : 1표
과자 : 1표
Chips und Eis(칩스와 아이스크림) : 1표
Bären-essen(곰 먹이) : 1표

네 명에게서 어떻게 다섯 표가 나오느냐고 물었더니,
이틀 전에 산 곰돌이 인형도 한 표를 행사했다고
한다. 마지막 표는 '곰 먹이'인 셈이다. 투표용지를
펼치니 금세 누구의 글씨인지 알아볼 수 있다. 손에
쥐어졌던 필기도구도 각양각색인데 비밀투표에
이의가 없다.

빵은 엄마, 초코파이 카리, 과자 파타, 칩스와
아이스크림은 내 글씨가 분명하고, 마지막
투표용지는 알아보기가 어렵게 흘려 쓴 필체로
보아 곰이 발바닥으로 쓴 것이 분명하다.

아이들과 절충하여 칩스와 아이스크림을 사기로
최종결정을 했다.
심부름은 당연히 아빠 몫이다. 아이들이 상세하게 가르쳐
준 칩스와 아이스크림 종류를 골랐다.
덤으로 집 앞 자동판매기에서 삼백 원짜리 커피를
뽑았다. 엄마용으로.

잘 사왔다고 세 여자 모두에게서 칭찬을 받았다.

다음 비밀투표를 하기 위한 안건이 무엇이 될지
키 크는 만큼 아이들의 마음도 쑥쑥 자라는지
엄마와 아빠는 늘 궁금하기만 하다.
카리야 파타야.

60개월 발레 발표회

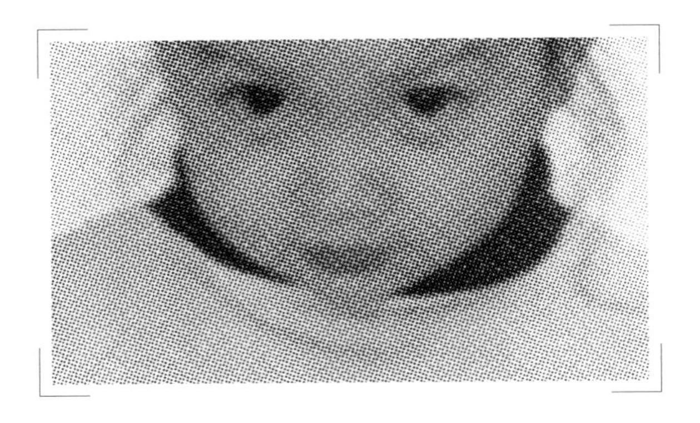

어제, 12시 정각에 파타가 속한 그룹 발표회가 있었다.
파타는 매주 월요일 오후 2시 30분부터 3시 30분까지
발레를 배우는데, 가장 어린 나이인 6살의
아이들을 모아놓은 그룹이다. 이들은 홈페이지
메뉴판의 바탕색처럼 짙은 분홍색을 입는다.
연령과 학습 능력을 고려하여, 분홍색, 흰색, 녹색,
빨간색, 검은색 등을 입게 된다. 마치 태권도 띠를
두르듯이.

엄마는 아침 일찍 연주를 하러 떠났다.
엄마가 미리 중요한 몇 가지를 챙겨주었는데도 두 딸의
옷가지와 머리띠, 신발 그리고 비디오카메라 등을

준비하는 데 아침 한나절이 걸렸다.
파타는 알록달록한 머리핀 두 개를 들고 거울 앞에 섰다.
며칠 전에 단발머리로 헤어스타일이 바뀌었다. 그래서 큰
리본을 달지 못한다. 약간 철렁거리는 귀 윗머리를
고정하려고 몇 차례 시도를 해본다.

하나를 단단하게 끼우는 데 성공했다.
또 하나를 반대쪽 귀 위에 넣었는데,
"아빠 이것 봐, 이쪽은 내려가고…"
자세히 보니 한쪽이 내려갔다. 몇 차례 해보다가
"파타야. 이 핀이 구부러져서 단단하게 안 되나 봐."

그리고 스타킹을 신기는 데 제 마음에 드는 것을
고르느라 또 한참을 허비했다. 엄마가 있었으면
"이것 신어!" 하고 결정한 대로 꼼짝없이 따를
텐데…
아이들은 아빠를 물로 여기고 있다는 것을 내가 알고
있다.
물 없이 못 사는 딸들이라는 것을 아빠도 안다.

발레학교가 집에서 1분도 안 걸리는 가까운 곳에
있는데도 늘 가까스로 도착한다. 벌써 엄마, 아빠,
할아버지, 할머니 등 온 실내가 가득하다.

발레 신발을 하나씩 정성스레 크리스마스트리에 매달아
놓은 휴게실에서는 맛있게 구운 과자와 커피가
서비스로 제공된다. 앞장서서 공연장으로 들어가
전면 유리 왼쪽 모서리에 비디오카메라 다리를
세워놓았다.

파타가 열심히 뛰어다니는 모습을 사진과 비디오로
하나하나 놓치지 않고 잡았다. 대부분 피아노
음악에 맞추어 뛰어다니다가 동작을 멈추고
선생님이 지시하는 알파벳을 몸으로 나타내거나
걸음걸이, 인사하는 법 등을 보여주었다. 손을
앞으로 모으고 통통 뛰며 앞으로 뛰고 또 뒤로
뛰고,

그중에 '요나스'라는 남자아이가 자꾸 혼자 이리저리
뛰며 장난을 치는데 모두에게 웃음을 주었다.
끝나고는 제각각 엄마 아빠 품으로 돌아갔다.
한결같이 엄지손가락을 세우며 'Super!(최고!)'
'Du bist toll!(너 정말 대단해!)' 제일 잘했다고 격려한다.

파타에게 나도 똑같은 말을 했다.
"파타 네가 제일 잘하더라." 파타 입술이 긴장한 탓에
마른 것을 보았다. 파타도 떨렸다고 고백했다.

자식을 키우면서 '난 좀 자식 추켜세우지 말아야지' 하는
생각을 하는데도 참으로 어려운 것 같다. 인격이
얼마나 갖추어져야 하는 것인지.
더구나 외국 아이들과 함께 섞여서 자라는 환경에서는
우리의 자존심이 더 작용하는 것 같다.
저녁 늦게 엄마와 아빠가 비디오카메라로 찍어온
우리 파타의 발레 발표회를 다시 보면서 흐뭇한
마음으로 하루를 마감했다.

지금 눈이 온다고 파타가 알려주었다.
성(城) 뒤 넓은 잔디에는 망사를 두른 듯 얇게 서리가
앉아 있었는데,
그 위로 이제는

;;;; ;;;;

;;;; ;;;;

하나 둘 셋, 눈이 쌓이고 있다.

PATA 파타

초판 1쇄 발행 2024년 3월 6일
초판 6쇄 발행 2024년 9월 19일

지은이 문가영
펴낸이 최순영

출판1본부장 한수미
컬처 팀장 박혜미
편집 김수연
디자인 이지선

펴낸곳 ㈜위즈덤하우스 출판등록 2000년 5월 23일 제13-1071호
주소 서울특별시 마포구 양화로 19 합정오피스빌딩 17층
전화 02) 2179-5600 홈페이지 www.wisdomhouse.co.kr

ISBN 979-11-7171-158-1 (03810)